W I N G S ・ N O V E L

三千世界の鴉を殺し ⑲

津守時生
Tokio TUMORI

新書館ウィングス文庫

S H I N S H O K A N

三千世界の鴉を殺し ⑲

目次

レイモンド・ブレッチャー
バーミリオン星カーマイン基地の司令官。大佐。

アンリ・ラクロワ
基地の副司令官。中佐。

アル＝ジャアファル
ルシファの仇敵で、かつてルシファを誘拐し、人体実験したことがある。

オリビエ・オスカーシュタイン
通称O2(オーツー)。ルシファの父親。銀河連邦軍中央本部情報部部長。少将。

グラディウス・ベル
ルシファの部下。軍曹。六芒人〈ヘクサノーツ〉。

マコト・ミツガシラ
輸送科所属の少尉。ルシファのもとで秘密プロジェクトに参加していた。メカ・ケルベロスの二つ名を持つ。

オルガ・シオ
学都の教授。かつてサラディンの教え子だった。

ミズ・バーレイ
軍病院の外科のナース。

マルチェロ・アリオーニ
憲兵隊隊長。大尉。
ルシファの良き相棒。

カジャ・ニザリ
軍病院の内科主任。白氏。
サイコ・ドクターの一人。

サラディン・アラムート
愛称サラ。軍病院の外科主任。
ドクター・サイコの一人で、
実は純血の蓬莱人。

ルシファード・オスカーシュタイン
通称ルシファ。大尉。
超A級の超能力者。治癒能力ももつ。

ブライアン・バンカー
中佐。ドミニクの夫。ルシファに決闘で負けた。

ボビー・ヘインズ
軍曹。秘密プロジェクトの一員。

ニコラルーン・マーベリック
愛称ニコル。ラフェール人。情報部所属の少佐。現在は30年分の記憶を失っている。

アレックス・マオ
中佐。愛称はアレク。第六連隊長で、ルシファの上司。実はO2の部下。

ガーディアンたち
[レッド、ブルー、ピンク]
都市警察第五課の電脳刑事たち。ウンセット部長の部下で、都市警察電脳課のエキスパート集団。秘密プロジェクトのメンバー。

パオラ・ロドリゲス
バーミリオン星の惑星大統領。狡猾な政治家。かつてO2の恋人だった時期がある。

スノーリ・ウンセット
カーマイン都市警察機動保安部部長。

リンゼイ・コールドマン
愛称リンジー。マルチェロの副官で婚約者。中尉。

ドミニク・バンカー
少佐。ルシファと一度関係を持った隻眼の美女。秘密プロジェクトのメンバー。

ジャグモハン・アロラ
バーミリオン星の中心地パープル・タウンや基地内で手広く店を展開している。禿頭の巨漢。マルチェロの協力者。

パトリック・ラッセル
中尉。秘密プロジェクトの一員。

ワルター・シュミット
ルシファの友人。
第六連隊第二大隊所属の
中隊長（大尉）。

メリッサ・ラングレー
ワルターの元妻。
第六連隊通信科中隊長（大尉）。

ライラ・キム
ルシファの副官であり、
士官学校時代からの親友。

イラストレーション◆麻々原絵里依

三千世界の鴉を殺し

Sanzen sekai no KARASU wo koroshi

1

軍病院は、カーマイン基地に駐屯する兵士とその家族のために設立された病院だが、入院病棟にはホテルのスイートルーム並みに豪華な特別室がある。

階級至上主義の軍隊として、最上位者である基地司令官の利用を念頭に作られた。幸いにして、現在に至るまで基地司令官が入院する事態が生じたことはない。

今までの利用者は、すべて基地外に住む裕福な一般市民だった。

現在はオルガ・シオの教え子であるリアナ・クリステンセンの病室になっている。リアナは基地外どころか、惑星バーミリオンの外から運ばれてきた特別な患者だった。

「――はい、右手はもう結構。次は同じように左手の親指から順番に折ってみて下さい」

脳の外科手術を受けた患者のリハビリを専門に担当する療法士が、先程からベッドの脇に立って、さまざまな動作の指示を出していた。

電動式の介護ベッドに上半身を起こした娘は、指示された動作をぎこちないながらも確実にやり遂げる。

彼女の頭に取り付けられたヘルメット状の計測装置が、そばにある機械のモニターに結果を映し出す。

活性化している脳の画像と変化し続ける数値、いくつかのグラフを素早く確認し、療法士が満足げにうなずく。

「良好です。細胞賦活剤が効いているにしても、ここまで早く回復するとは素晴らしい。午後は歩いてみましょう」

「そんなに急に動いて大丈夫ですの？　長い間、絶対安静だったリアナにあまり無理はさせたくないのですが……」

娘を案じる母親が口をはさむ。

療法士がそれに答えるより早く、背後から彼女の異論を封じる声がかかった。

「余計な口出しはやめなさい。脳の神経細胞が急速に再生している今は、さまざまなことを再び学習させる好機だと説明を受けただろう。君は専門家ではないのだから、黙って見守るほうがリアナのためになると思うよ」

「すみません、あなた。後遺症が残ったりしたら、取り返しのつかないことになるのに、積極的な治療もせず、どんどん悪くなる姿をそばで見ていたでしょう？　ずっと心配してきましたから、まだどこか心の隅で安心できなくて……」

母親は、たしなめた夫にイヤミ混じりの弁解をする。

ヨハン・クリステンセンは、患者に付き添う家族のために設けられた応接セットのソファに座り、ティー・カップで紅茶を飲んでいた。

彼が最高の治療を追い求め、娘のインプラント手術を嫌って妥協しなかったために、危うく手遅れになるところだった。

それを恨んだ妻は、リハビリ中も娘の側から離れようとしない。

両親の間に漂う不穏な空気を察した娘が苦笑する。

「大丈夫よ、お母さま。あとは回復していくだけだと、アラムート先生もおっしゃったでしょう。――それよりお父さま。お仕事はよろしいの？」

「退院したお前を家に連れて戻ることより、大事な仕事があるはずないだろう？　お母さまと一緒にそばにいるから」

娘は穏やかな父の言葉に一瞬戸惑った表情を浮かべた。今まで仕事を優先し、家庭を顧(かえり)みなかった彼の言葉とは思えない。

だが、自分の身に起こったことを考える。それが、今までの家族との関係を父が考え直すきっかけになったとしたら、とても嬉しい心境の変化だった。

すぐ笑顔になったリアナは、父の申し出を歓迎する。

「はい、ありがとうございます」

「――それでは、次に色々な素材で少し複雑な作業をしてみましょう」

家族の会話が一区切りついたのを見計らい、療法士が次の作業の提案を行なう。傍らのワゴンから薄い箱を取り出すと、蓋を開けて娘の膝の上に置いた。

プラスチック、布、木の棒、金属の輪、針金、紙の束などが入っている。

「記憶にある素材本来の感触と同じかどうか確認しながら、折ったり丸めたり、自由に組み合わせて何かを作って下さい。あせらず、無理のないペースでね」

「はい」

リアナは明るく返事をした。

これは肉体のリハビリというより、機能に異常がないか確認を兼ねた脳の検査なのだと、前もって説明されていた。単純な動作確認よりはずっと面白くて、熱心に取り組み始める。

夫が、そのようすを見守る妻に声をかける。

「集中の妨(さまた)げになるから、いい加減こちらにきて座っていなさい。――君、妻にもお茶を」

「かしこまりました」

部屋の隅に立っていた家政婦が、すでに用意をしていたワゴンの上で、ティーセットに熱い紅茶を注ぎ始める。

特別室を利用する患者とその家族は、希望すれば生活を支援する臨時の家政婦を病院から紹介してもらえるが、彼女は自宅から家族と共に宇宙船に同乗してきた人間だった。

たとえ宇宙船の中でも、夫妻には家政婦のいない環境など考えられなかった。

外科の会議室が使用中だったため、療法士はナース・ステーションで特別室の患者について報告を行なった。

スタンド・カラーの短衣とズボンという白衣を着た療法士は若く、明るい人柄で患者の人気も高い青年だった。

ナースたちに勧められた焼き菓子を食べつつ、世間話をするような口調で一部始終を話す。

「――というわけでー、仕事にかまけていた横柄な父親と妻子の間には冷たい溝ありまくりって感じですねー」

「カンノ療法士。それを言うなら冷たい空気がある、もしくは深い溝が感じられる、だと思いますが?」

「そうそう、そんな調子なんですよ。――すみませーん、コーヒーもらえますかぁ?」

外科主任ドクター・アラムートの冷ややかな訂正も明るく受け流した青年は、飲料ディスペンサーの近くにいるナースに頼む。

特別室の患者とその家族について興味津々のナースたちは、カンノの話を一言も聞き漏らすまいと、熱心に耳を傾けていた。

「あの旦那さん、すっごいお金持ちなんでしょ? 愛人がいて家にロクに帰らないってパターンなんじゃない?」

「同伴してきた家政婦が、実は愛人だったりして」

妙に高いテンションで憶測を口にするナースの集団をたしなめるのも、外科の責任者であるサラディンの役目だった。

「失礼な詮索はおやめなさい。ソープ・オペラの見過ぎです。——カンノ療法士。こんな雰囲気のせいか、あなたの報告も雑談が主になっていますよ。主任室で聞いたほうがよかったでしょうか」

「やだなー。一人で主任室に行くほど、ボク、命知らずではありませんよ」

青年は無邪気に笑って命知らずな暴言を吐く。

外科とリハビリ科は関係が深いせいか、ナオト・カンノは若いがドクター・サイコに対して免疫（めんえき）がある。

「有能な療法士の命を奪う必要がどこにありますか。何かするとしたら、無駄口をたたかないように矯正して、より優秀にする程度のことです」

「ダメですよ、先生！　ナオティのチャーム・ポイントは明るいおしゃべりなんですから。患者の情報の提供者は大切です」

「日頃から患者のプライバシーは尊重するようにと言っているはずですが」

いともたやすく人格改造計画を語る外科主任に対し、その点には何の言及もなく、おしゃべりスキルのみ擁護（ようご）するナース。

サラディンの剣呑な言動に慣れているカンノは、二人の会話を聞き流すと、患者の新たな個人情報を口にした。

「そう言えば、あのリアナお嬢さんに聞いたんですけど、交通事故の原因は無人走行していた対向車の誤作動ではないかとのことでした。友人にまで大怪我をさせた事故が、自分の無謀運転が原因だとみなされていることに、とてもショックを受けていましたよ」

「……妙ですね。詳細な調査は行なわれなかったのでしょうか。クリステンセンご夫妻のどちらでも、必ず原因の徹底調査を声高に訴えそうなものですが。ご夫妻の娘の有責事故か、公共リニアカーの管理に問題があったかで、補償が全然違ってきます」

ミズ・バーレイもその言葉にうなずく。

「ですよねー。あのいかにも体面を重んじるタイプって感じの父親が、事実とは反対に娘が有利になるよう、事故調査の関係機関に裏工作をするっていうなら、話はわかるんですけど。ゼロが沢山並んだ小切手をちらつかせて……『わかっているだろうね、キミィ』なんちゃって」

「同じやるなら小切手で頬をピタピタ叩くのよ。事故調査の警官が青ざめた顔で『く……っ。この金があれば、病気の妻に最高の治療を受けさせてやれる……』と、つぶやくの」

途中から悪い顔になり、いかにもな悪役のセリフを吐くミズ・バーレイと尻馬に乗る同僚。するとほかのナースたちが、病気なのは恋人のほうがいいとか、そこは生まれたばかりの息子だろうとか、女手一つで育ててくれた母親じゃないのと口々に言い始める。

その姦しさに辟易したサラディンは、こめかみを押さえて断じた。

「何度も言いますが、あなたたちはソープ・オペラの見過ぎです。安直にもほどがあります」

「そこがいいんですよぅ～。安心のお約束設定！　そこに我々のツボがあるんです」

「そうです。磨き抜かれたパターンのストーリーだからこそ、細部の違いを楽しめるんです」

「休憩時間の息抜きで見るんですよ？　少しでも見逃したら、ストーリーが全然わからなくなるなんて、私たちには逆にダメダメ・ドラマなんです！」

次々と訴えるナースたちに仕方なく言い分を認める。

「磨き抜かれた様式美は大切だというわけですね」

「先生に理解して頂けて嬉しいです！」

「――それにしても、二人がここに運び込まれた時のデータを拝見した時、なんで早く手術しなかったんだろうって、ビックリしましたよー。特にプリシラ嬢なんて、絶対助からないと思いましたもん。さっすが、我がカーマイン軍病院が誇る天才外科医ドクター・アラムート！

療法士仲間も絶賛してます」

療法士の青年が話題を変えて、外科主任の手術の成果を褒めたたえた。

お世辞ではないので、彼としても口調に熱がこもる。

サラディンに対し、外科医としての能力には絶大な信頼を置いている外科のナースたちは、我がことのように誇らしく療法士の言葉を聞く。

「あのクソ偉そうなクリステンセン氏も、アラムート先生の実力にはケチの付けようがないでしょ。ざまぁですよ」

「術後のリアナ嬢の回復は驚異的ですねー。乗ってきた宇宙船で戻れるという話ですから、自宅近くの病院に転院できる日もそう遠くないでしょう」

「彼女の劇的な回復は、シオ教授が提供して下さった最新の細胞賦活剤によるものです。従来の薬剤では半分程度の成果しか得られませんでした。学都の医療機関で治験済みとはいえ、使用を許可したご夫妻の英断あってこそです」

「そーゆートコで差がつくのって悔しいですねー。銀河系の端っこの惑星だと、どうしても情報が遅くなっちゃいますしー」

「承認前の新薬など、惑星の位置に関係なく通常は手に入りません。恩師が新薬のプロジェクトに関わっていたのは、ミズ・クリステンセンの運の強さでしょう」

オルガのもう一人の教え子——プリシラ・ヨークの手術も成功していたが、死なせなかったことを成功と呼ぶだけで、元通りの体に治して退院させる日はこない。

事故に遭った時点で、もとのプリシラ・ヨークには二度と戻れなくなっていた。

運という単語に反応したナースが、同僚に尋ねる。

「ねぇ。父親にするなら、性格が悪いお金持ちの人と、性格は良くて人並みの稼ぎの人のどっちがいい？」

「貧乏なのは嫌だけど、人並みならそれが一番かな。お金持ちってだけで面倒なことがありそうなのに、父親の性格も悪いんじゃ、子供の頃からつらい思いをしそうだし」

「だよねー。お金は暮らすのに必要な分だけあれば、あとは愛情でしょ。自分のことで頭一杯のあんな父親じゃ、絶対娘も自分のために利用すると思う」

「……！」

自分のことで頭一杯な父親とは、クリステンセンを指すらしい。横柄な態度のせいで彼の評価は下がる一方だった。

サラディンはナースの今の言葉に何か引っかかるものを感じ、もどかしく思う。

先程も何か、気になることがあったのに、会話しているあいだにまぎれてしまった。

「ミズ・ヨークを担当している療法士はミスター・ポンチャックでしたね？」

「はい。運動機能面ではリアナ嬢と同様にめざましく回復しているそうです。それ以外はー……ドクターのほうが、よくご存じかとー」

「あなたとミスター・ポンチャックとで話し合って、おおよその退院時期を決めて下さい。ミスター・クリステンセンに娘だけを連れ帰られては困ります。娘のついでならば、彼も否とは言わないでしょう」

娘のために優秀な外科医を紹介するという条件で、娘の友人の治療費も負担することに同意したクリステンセンだが、娘と同格に扱うとは約束していない。

娘に事故の責任がないとしたら、プリシラの帰路の負担は約束に含まれないと言い出す可能性もある。

サラディンはプリシラの今後ではなく、同行できなかった家族に代わって彼女に付き添うオルガの負担を心配していた。

親しくしているナースたちから、患者の事情をすべて聞いているカンノは、元気よく請け負った。

「了解いたしました！　サリットと二人、そのあたりはうまくやりますんでお任せを。あれだけお金持ちなのをひけらかして他人に威張ってるんだから、クリステンセン氏には気前よく負担して頂きましょー」

青年の答えには傲慢（ごうまん）な男への反感が色濃く出ている。

誰にでも明るく愛想のいい応対をする青年でも、内心はかなり不快だったのだろう。

ナース・コールが立て続けに三回入った。

それをきっかけとして、ナースたちは日常の仕事に戻り、カンノもリハビリテーション科に一度帰る。

サラディンは、午後に予定した手術まで時間があるのを確認し、プリシラ・ヨークが入院している病室へと向かった。

プリシラの個室はリアナの入院する特別室から離れていた。

彼女が集中治療室から出られた時、いくつか空いていた病室の一つに入っただけで、特別な意図は何もない。

完全看護の軍病院において、基本的に家族の訪問は見舞客と同じく面会時間に限られる。オルガ・シオが、リアナとプリシラの主治医という立場で、面会時間以外の滞在も許されているのは、外科主任の裁量(さいりょう)によるものだった。

彼女は同じくサラディンの手配で、軍病院の近くに建つ医師用宿舎に宿泊している。キッチンのないタイプの部屋のため、食事は病院の食堂でとることが多かった。

一人では食事を抜くこともあるオルガを気にして、サラディンは多忙な中でも極力彼女と食事を共にする機会を作っている。

外科主任が病室を訪れた時、オルガはパソコンに取り付けた簡易プロジェクターを使って、プリシラにさまざまな映像を見せている最中だった。

室内を少し暗くした壁に投影されるのは、すべてプリシラに関係する場所や出来事、人物の映像で、脳の活動を調べると同時に失われた記憶を思い出させようという試みだった。

ベッドに半身を起こし、壁の映像を眺めている娘に外科主任は謝罪する。

「リハビリ中お邪魔してすみません、ミズ・ヨーク。少し見学をさせて頂いてよろしいでしょうか?」

「構いません。どうぞ、ドクター・アラムート」

笑顔で応える娘の発音は非常に綺麗だった。

礼儀正しい彼女の態度は、脳内に埋め込まれた小型コンピュータが、彼女の肉体を使って反応しているに過ぎない。

バーミリオン星の風土病であるオグニ・ウイルスの犠牲者のうち、破壊された脳細胞を切除し、それを補うコンピュータを埋め込むインプラント手術で生き延びた者の半分が、半月ほど今のプリシラと同じ状態になる。

脳という器官にダメージを負うと、さまざまな支障をきたす。記憶の混乱や欠落、精神の退行、人格の豹変などが生じることは珍しくない。

そのため患者の状態が安定するまでの間、埋め込まれたコンピュータが生活に必要な情報を補助し、場合によっては本人の意思に代わって行動する。

今のプリシラの応答がそれだった。

本来インプラント用コンピュータは、呼吸や運動機能を司(つかさど)る脳の部分を損傷した患者を救うため、その部分を基本的に代替するものだった。

従って、本人を本人たらしめる記憶の部位にまで回復不能なダメージを負っていると診断されれば、インプラント手術は行なわない。それはつまり、人間の肉体にコンピュータの頭脳を搭載(とうさい)した有機アンドロイドを作るようなものだからだ。

手術後、コンピュータの有機シールド——疑似神経細胞と、細胞賦活剤の使用によって再生していく本人の神経細胞が結合するのは早く、その時点で命の心配はなくなる。

大事なのは、事故や疾病でダメージを受けた本人の脳が、速やかに正常な思考活動を回復できるか否かだった。

一見すると日常生活に支障はないが、本人の意思が明確に確認できない状態での退院は許可されない。

本人の記憶が早期にどの程度甦るかで、退院や社会復帰の時期が違ってくる。

療法士のナオト・カンノが危惧していた通り、測定結果を見る限り、プリシラの脳の活動は低レベルだった。

コンピュータの補助がなければ意識レベルは昏蒙だろう。

初期治療にあたった医師たちの処置と、感染症を抑え込んで容態の現状維持に務めながら、長時間搬送してきた最新型医療ポッドの性能は、高く評価できる。

それでも手術直前に行なった頭部のスキャニングの結果を見て、サラディンはもはや手遅れだと宣告しようか、しばし悩んだ。正直に言えば、オルガの依頼でなければ手の施しようがないと、手術をしなかっただろう。

今でも彼女の治療計画に対して、半信半疑でいる。

オルガが希望を託したのは、自分が開発に関わった細胞賦活剤の新薬だった。

損傷した神経細胞とグリア細胞を再生させ、脳内のネットワークの再構築を試みる。

現在、情報を統合する部位である大脳連合野の機能も、インプラントの小型コンピュータが代行している。

損傷した部分の機能がコンピュータによって補われているあいだに、欠損した細胞が再生して、再び役目を担えるまでに回復するという。

確かに脳は可塑性があるので、不可能だとは断言できない。

今、オルガがプリシラに映像を見せているのは、プリシラに関わる個人的な情報をインプットし、残っている記憶の断片とつなぎ合わせて再統合させる試みだった。

退院して学都に戻ったら、視覚以外の五感に訴える情報も彼女に与える計画が、すでに立てられている。

記憶こそが、プリシラ・ヨークの人格そのものだと言える。すべてを取り戻せなくとも、何割かでも残るなら周囲の人間——特に肉親にとっては喜ばしいことだろう。

経済的に恵まれていないプリシラの両親は、優秀な一人娘を学都に入学させるまで、相当な無理をして働き育てたという。彼らは、事故で瀕死の重傷を負った娘を何としても、どんな姿になってもいいから助けて欲しいと、オルガに懇願した。

とはいえ、いくら両親の承諾を得た上でも、こんな人体実験まがいの治療が果たして許されるのか、ドクター・サイコと呼ばれるサラディンとて疑問に思わないでもない。

科学的探求心が働くと、サラディンの倫理観はかなり心許ない存在になる。

それでも今後の展開次第では、学部の医学部を巻き込む大スキャンダルに発展する危険があると、認識している程度には理性も働いていた。

リアナの手術直前に、オルガが細胞賦活剤の新薬の提供を申し出たのは、双方の両親の承諾を得た上でのことなので、いいとしても——。

術後のプリシラに対する治療計画は、本来の主治医であるサラディンに対してさえ完全に事後承諾だった。

事前に相談がなかったのは、サラディンの反対を恐れたのではなく、のちに問題となった場合、彼を巻き込みたくないという気持ちが働いたのだろう。

どちらにしても、オルガの自由にさせている段階でサラディンも同罪になるのだが、新しい治療法を興味深く見守っている以上、言い逃れをするつもりはない。

現実に問題化した時、対処を考えればいい。——という発想が誰かに似てきた気がする。

オルガのノート・パソコンが、アラーム音であらかじめ指定された時刻を告げた。

「もうすぐ療法士のミスター・ポンチャックが来るわ。午後の最初のレッスンは終了します」

「ありがとうございました、シオ教授」

プリシラは礼儀正しく挨拶する。

オルガは、作業台代わりに使っていたサイドテーブルの上を手早く片付け始めた。

パソコンの電源を切ったところで、しばらく『レッスン』を見守っていたサラディンは声をかける。

「オルガ。ミスター・ポンチャックが到着したら、屋上の温室にミズ・ヨークを連れて行くように指示を出します。私たちは気分転換も兼ねて、病院の外へ食事に出ましょう」

「ですが、まだ全然――」

「大丈夫ですよ。ミスター・ポンチャックはインプラント手術を受けた患者の扱いに慣れています。病院の敷地内ですから、何かあっても協力してくれる関係者が近くにいます」

「……それでしたら……」

明らかに気が進まないようすながら、サラディンにここまで言われて異を唱えられないと思ったのか、オルガは不承不承にうなずく。

外科部長は優しく話しかけた。

「あなたが焦ったところで、患者は思い通りになりませんよ。あまり眠れていないのでは？先はまだ長いというのに、食が進まず眠りも浅い日が今から続くようでは、体がもちません。まして、先日心臓発作で倒れたばかりでしょう？」

「……だって、アラムート教授に事後承諾で迷惑をおかけして……っ。早く成果を出さないといけないのに……っ」

今にも泣きそうな顔をして、細い震え声で訴えるかつての教え子に、サラディンはつい笑ってしまう。

「今更それを言うのですか。あなた以外の人が同じ真似をしたなら、夜も眠れない思いをさせたでしょうが……あなたですからねぇ」

「ごめんなさい、アラムート教授……」

「泣かないで下さい。誰かに見られたら、間違いなく私があなたを虐めたと思われてしまいます。あなたが現在試みている治療とその結果には、私も興味があります。なので問題になった場合、共犯者とみなされても否定するつもりはありません。この病院にいる間、お好きなようにして結構ですよ。ただ体調は崩さないように。これ以上、私を心配させないで下さいね」

「アラムート教授……っ」

オルガは、サラディンの白衣の胸にすがりついた。

学都で学んだ当時、いつも自分にだけ優しくて寛大な恩師の存在に、どれだけ勇気づけられただろう。

あれから長い年月がたったにも関わらず、厚意と信頼を裏切るような真似をしても、こうして体を気遣ってくれる。

学生時代の恩師とは特別で、本当にありがたいものだった。

オルガをえこひいきをすると宣言した彼だが、学生のことは各自よく見ていた。信賞必罰の授業方針によって、誰もが熱心によく学んだと思う。

今は自分が教鞭(きょうべん)を執(と)る立場になり、後輩でもある教え子たちに対し、自分がサラディンのような存在になれているだろうかと、時々顧みている。

廊下側から入室許可を求めるブザーが鳴った。

オルガはあわてて医師から離れ、涙をぬぐって応答する。

「はぁい、どうぞー」

「失礼します。午後のリハビリにきました。――あれ? アラムート先生」

明るく入ってきた療法士は、二人の医師を交互に見てから、外科主任の名を呼ぶ。

「はい、何でしょう?」

「だめよ。先生がイジメていいのは、この病院の中の人だけ。外の人はルール違反ね」

「いつからできたルールですか。初耳なのですが」

「不文律。知らないの?」

ベテランのポンチャックは、小柄な外見で性格も穏和なことから、老人や子供のリハビリを担当することが多い。

相手が理解できるようにと優しく簡潔に話すうち、短いセンテンスで言い聞かせる独特な言い方をするようになった。

白衣を脱ぐと普通に会話できるそうなので、これも一種の職業病なのかもしれない。

オルガを気遣っての発言なので、サラディンも反発はしなかった。

「そうですか。覚えておきましょう。ですが、ドクター・シオは私が泣かせたのではありません。冤罪です」

「日頃の行ないが悪いの」

「なるほど。日頃の行ないを改める気は毛頭ありませんから、冤罪も甘んじて受けましょう」

「それでこそ、ドクター・サイコ」

甘受する理由も言語道断なら、感心する要素も皆無。

それなのに何故か療法士は納得すると、患者に明るく声をかけながら歩み寄る。

「こんにちは、ミズ・ヨーク。これから体を動かす訓練をします。どこか痛いところはありますか？」

「こんにちは、ミスター・ポンチャック。手術した頭の傷と、交通事故の傷がまだ痛みます」

脳内に埋め込まれたコンピュータは、プリシラの肉体が発信する電気信号を解読し、療法士の質問に答えた。

「動くのに支障がありますか？　痛み止めは必要ですか？」

「一時間以上の徒歩での移動、もしくは運動には支障があります。それ以下の状況ならば、鎮痛剤は必要ありません」

「わかりました。ありがとう」

「どういたしまして」

大変礼儀正しく優等生的な応答をする患者だった。

ただし、どこか不自然さが残る。反応に感情の揺らぎが、感じられないせいだろう。

外科医は、療法士にリハビリ・メニューの変更を申し出る。

「ミスター・ポンチャック。今日はミズ・ヨークを屋上の温室に連れて行ってくれませんか。環境を変えて、室内とは異なる刺激を与えるのが目的です。測定器と共に移動するのは困難ですから、データを取る必要はありません」

「いい案。賛成です。——ミズ・ヨーク。これから、屋上の温室までお散歩します。木々の緑と花が沢山あります。歩けそうですか。車椅子を用意しますか？」

プリシラは質問に目を伏せて考える。実際は質問に答えるため、脳内の小型コンピュータが肉体の状況を調べていた。

「温室にしばらく滞在し、休息が取れるなら、車いすの必要はないと思います」

「了解。それでは、頭部のセンサーを外しますね」

そこで会話は終わるはずだった。

だが、療法士を手伝おうとしたオルガは、測定結果を表示する画面に変化が生じていることに気づく。

プリシラは顔を上げて、老婦人に向かって微笑（ほほえ）んだ。

「お花や緑が多い場所は好きです。学都もそうでしたね、シオ教授」

「……ええ。一緒に帰りましょぉ」

オルガは快哉を叫びたい衝動を懸命に抑え込むと、三ヵ月ぶりに話しかけてきた本当の教え子に優しく答える。

娘はさらに何かを言いたそうに唇を開く。

だが、そのまま絶句し、急に自然な微笑みが消えてしまった。それだけで娘の顔は人形めいた冷たい印象に変わる。

コンピュータが再び混沌の中に沈んだ自我と交代し、プリシラの人格再建を試みる学部の老教授に状況を報告した。

「今、わずかな時間ですが、オリジナルの記憶と回路がつながりました。現在、接続を維持するべく神経細胞を増殖中です」

「がんばってね……」

彼女が拳を握って応援したのは人工知能か、はたまた増殖中の神経細胞か。

療法士が質問する。

「まだわずかに反応あります。センサーをどうしますか?」

「外して構いません。温室につれていくほうが、患者にはいい刺激があると思います。そこでまた、特別な反応があった時は報告して下さい」

感動し、涙ぐんでいるオルガに代わって、外科主任が指示を出す。

そして、痩せたスーツの肩を抱き寄せて囁く。

「当病院のスタッフは、インプラント手術を受けた患者のケアにおいて、かなりの経験と対処の蓄積があります。さすがにミズ・ヨークの脳ほど、全体的にダメージを受けた患者はいませんでしたが、これは他の患者たちの回復にも見られた、とても良い兆候です。あなたとミズ・ヨークの師弟の絆が、彼女の断片的な記憶を滅びの深淵から引き戻したのです」

「……たぶん元通りにならないって……私、わかっているのに……それでも可哀想で……。若くて優秀で……とっても頑張っている、すごーくすごーくいい子で大好きだったから……」

見出した希望にすがるオルガの告白は、悲運の教え子を思う慈愛に満ちたものだった。

その感情に偽りの響きはない。が、それがすべてでもないことをサラディンは知っている。

医師もまた科学者であり、科学者はただひたすらに答えを追い求める性(さが)を持つ。

いや、一つの答えを追い求めるのは、科学者に限ったものではないだろう。

ただ一つの美しい理想。音楽も美術も建築も、数学や哲学も——多くの人々が目指さずにいられないもの。それは気高い反面、昏(くら)い業(ごう)を生む。

サラディンが自覚しているように、オルガも自身の闇を見つめながら、教え子と相対しているに違いない。

事故に遭う以前のプリシラなら、自分を新しい治療法の実験台に使う恩師を許すだろう。彼女もまたオルガと同じ道を歩むはずだったのだから。

とっくに振り切って気にならないはずなのに、心のどこかに重くよどむものがある。

サラディンは、オルガの古い友人の息子でもあるルシファードのことを思った。

そのよどみが、彼を生きながら切り刻んだアル＝ジャアファルと、自分たちを隔てる唯一のものなのかもしれない。

2

レイモンド・ブレッチャー司令官は、提出されたデータを自分専用のパソコンに読み込み、それを暗号化する作業を行なっていた。

この暗号化ソフトは銀河連邦宇宙軍中央本部から配布されたもので、艦隊司令官クラスの指揮官に使用が限られる。

同時に暗号解読用のテンプレートも組み込まれていた。

艦隊司令官の階級は大将。本来ならば大佐のブレッチャーに使用権限はない。

だが、中央本部から秘密指令を受け取る、もしくは重要機密を提出する可能性のある基地司令官の地位が、それを可能にしている。

辺境惑星の弱小基地であっても例外ではない。バーミリオン星カーマイン基地への転属は、最悪の左遷(させん)人事だと知らぬものがいなくても、司令官は最高権力者だった。

本来、大将の地位にある者にしか扱えないソフトを使い作業するのは、優越感をくすぐられるものがある。

なんかこう、物凄くデキる男になった感じがして、つい口元がにやけてしまう。

もっともその物凄くデキる男は別にいて、司令官室の片隅でブレッチャーの作業が終わるのを待っている。

だが、彼は基地に所属する一士官であり、重要機密として送られるディスクは、基地司令官のブレッチャー名義で提出される。

ということで、ブレッチャーはデキる部下を目の前に待たせて、頼まれた暗号化を気分良く実行していた。

普段、雑用はほとんど副官のアンリ・ラクロワに押しつけている彼は、極秘プロジェクトの進行も事後報告だけで、起きた出来事の詳細やそれまでの経緯を知らない。

従って、先程ほぼ終了したと唐突に言われて驚いた。

データの暗号化が終了し、中央本部に登録してある自分のパスワードを打ち込んで作業を終わる。

パソコンからディスクを取り出すと、机の上に置いてあった発送用ディスク・ケースに収めて蓋を閉じ、基地司令官任官の際に中央本部から渡されたパスワードを打ち込む。

これで二重の封印が施された。

艦隊司令官や基地司令官が交代するたび、中央本部からＩＤカードと共に機密通信用の新しいパスワードが支給される。

こちらも個人を特定するパスワードを登録した。個人のパスワードは、宇宙軍発行のＩＤカードと同時でなければ使用できない。

通常、機密通信は亜空間通信で行なわれるものだが、多数の映像を含むなど、データ量が多く緊急性を要しないものに限って、ディスク・メールというアナログな方法が採られた。

ブレッチャー大佐はディスクを収めたケースを手にして、満足げにうなずく。

実に感慨深い。こんな辺境基地の基地司令官に着任した時、このパスワードを使う日が来るとは予想もしていなかった。

おかげで、自分で登録したパスワードを危うく忘れかけ、少々肝を冷やしたのもご愛敬(あいきょう)。

着任当時飼っていた鳥の名前のアナグラムにしたのは失敗した。愛犬の名前にしておけば、もっと簡単に思い出せたのだが。

「受け取りたまえ、大尉」

「ありがとうございます、サー。——確かにお預かりいたしました。これより直(ただ)ちに宇宙港に向かい、発送手続きをして参ります」

進み出た部下はディスクを受け取る。

基地司令官は威厳のある重々しい声を意識して、労をねぎらった。

「多くの困難にも負けず、今まで良くやってくれた。必ずや君たちの努力が報いられる結果になると、私は固く信じているぞ」

「ありがとうございます、司令官殿。それでは失礼いたします」

「待ってくれ、オスカーシュタイン大尉」

敬礼し、回れ右をした部下を副司令官が呼び止めた。

窓を背にする司令官の机から離れ、壁を背に置かれた執務机の向こう側から、アンリ・ラクロワが立ち上がる。

「私も一緒に出る。——大佐殿。申し訳ありませんが、今日は例の件で早退させて頂きます」

「あ、ああ……そうだったな。もうそんな時間か。君もご苦労だった」

副官に例の件と言われ、とっさにわからなかった司令官は、生返事の途中で思い出したらしく、不自然なほど明るい笑顔で送り出す。

ラクロワ中佐は長身の部下を伴い、司令官室を出る。廊下を歩きながら提案した。

「これから軍病院に行かねばならん用がある。君に話もあるので、途中まで同じ車で行くのはどうだろう？　密室だしな」

「それは大変良い案だと思います、サー。——早退して軍病院とは、どこかお体の具合でも？」

入院患者の見舞いなら、就業時間が終わってからでも間に合う。

「少々不調なので検査を受けることにした」

「——もしかして、ここのところ某惑星大統領閣下がらみで、多大なご心労をおかけしたせいでしょうか？」

「この程度のことで体調を崩すとは私も歳だよ」

声をひそめ、おののきつつ尋ねるルシファードに副司令官は軽い調子で答えた。

ルシファードは思わず天を仰ぐ。

憲兵隊隊長がいかに苦情を申し立てようと、まるっと聞き流す彼も、敬愛するラクロワ中佐に大きな負担を強いた点には、なけなしの良心が痛む。

「おわびの言葉もありません……っ」

「いやいや。それが私の仕事だから」

「正確には肩書きに副がつかない方の仕事です」

「適任かどうかで判断すれば、私の仕事だろう」

苦笑する上官に反論できない。

やむなく肩をすくめて、素直に感謝する。

「ありがとうございます。最後まで司令官殿に部外者のままでいて頂きながら、問題なく進行できたのは、中佐殿のご配慮があってこそだと思っております」

「君のやり方もなかなかなものだ。——そのディスク・メールが無事に届くと思うほど、私はおめでたくないぞ」

「はぁ……。そのことで事後承諾のお話や色々と……」

「だろうと思ってね。君の面会申し込みに合わせて、軍病院の予約を入れてきたんだよ」

万事心得ている優秀な副司令官は人の悪い笑みを浮かべた。

本部ビル前から乗ったリニアカーを自動走行にした。

ルシファードは時折すれ違う対向車のようすをうかがい、背後に迫る不審な車はないか、それとなく注意を払う。

まだプロジェクト・チームの解散が明らかにされていないため、油断はできない。

助手席に座るアンリ・ラクロワは、車内で聞いた部下の話を頭の中で反芻(はんすう)し、やがて口を開いた。

「やはり一番気になるのは、亜空間通信を阻害してまで何をする気かということだな。発覚すれば致命傷になるリスクを負ってまで、証拠隠滅の時間稼ぎをしているという君の説に、私はあまり納得できない。勿論、証拠隠滅も進めるだろうが、それだけではない気がする。我々軍人は撤退時期の見極めを大事だと考えるが、相手は利益を重んじる企業だ」

「なるほど。彼らの立場で考えると、今のままでは投資した金額と歳月がすべて無駄になってしまう。公の資金とは思えませんから、株主の厳しい追及は受けずに済むでしょうが」

「回収可能な資産があるから、時間が欲しいのではないかな」

アンリの指摘に対し、ルシファードは地下に埋まっている宇宙船内部で行なわれていた数々の実験を思い浮かべる。

宇宙港からバーミリオン星外に持ち出すとしたら、荷物として宇宙船に持ち込んで怪しまれないものか、貨物検査を通過できるもの、ほかにはディスク・メールくらいだろう。

ディスク・メールには二種類ある。

これからルシファードが送る封印済みのディスク・メールは特殊貨物扱いで、運ばれる距離に応じて配達料を支払う。荷物はいくつかのサイズに区分され、重量制限もある。

ほとんどの送り主は、安価なデータ通信扱いを選んだ。

まず、先方に送りたいデータをネットを通じて配達会社に送る。データはディスク・メール受付専用のコンピュータにすべてコピーされ、送り主は送り先と差出人の情報を受付後自動で暗号化される申し込みフォーマットに打ち込む。

配達会社は、受け付けたデータを暗号化した情報と共に外付けハードディスクに移し、契約した定期貨物船もしくは定期客船に乗せる。

各宇宙港や宇宙ステーションに寄港するたび、係員がハードディスクを持ち出してそこにあるディスク・メールの配達専用コンピュータに接続する。

その地域に配達するデータだけがそこにコピーされ、同時にもとのデータは自動的に消去されて残らない。

あとは担当の配達会社が、データを実際のディスクにコピーして、受取人に届ける仕組みだった。

「地下移民船での研究は、大半が基礎研究でした。私が調べた範囲では、大きな利益を生むものではないように思います。銀河連邦法で禁止された人体実験のデータは、コンピュータでのシミュレーションが可能ですから、価値があるとは到底言えません。物質転送装置以外で価値があるとしたら、有機金属生命体用のコンピュータくらいですが……。あれの構造をヒューマノイド型人類が理解し、利用するのはほぼ不可能でしょう」

「ふむ……。私の見込み違いか。すまない」

「いえ、私も何か釈然としないものがあります」

ルシファードは、アンリの言葉によって今まで考えないようにしていた疑問と改めて向き合うことになった。

アル＝ジャアファルは、何のために惑星バーミリオンに来たのか。

得体の知れない研究のおかげで、あの男は資産家や権力者など、逃走の助けになる後援者に事欠かない。でなければ、とっくの昔にO2(オーツー)が捕らえていた。

こんな辺境惑星まで逃げ延びる必要はない。それなら何のためにバーミリオン星までやってきたのか。

考えたところで明解な答えは出ない上、あの不愉快な男のことを考えると凶暴な気分になってくる。

ルシファードらしくない昏(くら)い感情は、ラクロワ中佐の穏やかな問いかけで霧散した。

「そういえば、明日の夜に何があるんだね？　スケジュールを空けておいてくれというメールをもらったから、妻にも用があって帰りが遅いとだけ伝えてあるが。君の快気祝いとか？」

「そんな私事で副司令官殿をお呼び立てするワケありません。極秘プロジェクト・チームの解散式を兼ねた慰労会のようなものです」

「解散式……！　確かにもう一区切りついたのだから、それもありか。名前だけにしても極秘とつく以上、表立ったことをするなど考えもしなかったよ。……寂しくなるなぁ」

「皆そう言います」

中佐の物悲しげなつぶやきにルシファードは微苦笑を誘われる。

ストレスで体調を崩したというのに、そんなことを言ったら夫人から怒られるだろう。

「私の懸念が杞憂に終わり、このまま終わってくれたら最高なのだが」

「加えて、中佐殿のお体の不調が一時的なものであることを願っています」

「そうだった！　これで明日の慰労会での飲酒禁止などと言われたら最悪じゃないか」

ルシファードは、酔ったラクロワ中佐に情熱的な恋人キスをたしなまれた祝勝会の出来事を思い出した。

アンリ・ラクロワの人柄は好きだが、それとこれとは全然まったく絶対断固として違う。

上官と別れたあとすぐ内科主任のカジャに連絡して、検査結果に関わらず、半月ほどの禁酒を言い渡してもらおうと、ひそかに計画を練る。

しかし、チーム・リーダーに訪れる災難は気が早く、翌日の慰労会まで待たなかった。

マコト・ミツガシラの所属する輸送科は、普段宇宙港と隣接する民間との共有空港で輸送機や戦闘機、AFSなどの整備を行なっている。

シャトルや民間航空機の整備点検は日常業務で、ほとんど問題はない。

だが、常に即時使用できるよう整備をしておかねばならないAFSと戦闘機が、どれもあまりに古い機体で悩みの種になっている。

所有数は少ないものの耐用年数はとっくに過ぎ、部品交換の必要な箇所は次々に出ているというのに、貧乏基地の予算ではすべてを購入することがかなわない。

上官への傷害事件でカーマイン基地に左遷されたマコトは、着任早々部品不足でAFSや戦闘機の三分の一が操作不能になるという事態に直面した。

学部出身の優秀な研究者兼技術者の彼は、やむなく部品を自作するための機械を設計し、それによって当面の危機は脱した。

当然、製造した企業の純正品の部品を使用せずに事故が起きた場合は、何が原因であってもすべて自己責任になる。

しかも、それでやりくりできるならと一層予算を削られたので、輸送科の兵士たちは本気でブレッチャー司令官を憎んでいた。

今では大半の消耗部品を自作してまかなっている。

だが、特殊な加工を施した物やレアメタルを使用した物は、自作できないか高価な素材を大きな単位でなければ売ってもらえないため、純正品を購入するしかない。

年に何度か輸送科の兵士が集まって話し合い、重要度や緊急性などを検討した上で購入リストを作り、メーカーに取り寄せ注文をしていた。


午後着便のシャトルで、発注していた戦闘機の部品が届いたと連絡を受け、マコトは宇宙港に出向いていた。

シャトルの乗客が荷物を手にして到着通路を歩いてくる。

小型貨物引き取り窓口の前で待ちながら、見飽きた光景に何の感慨もなく視線を向けた。

見渡して終わりのはずが、ある一点で視線が止まる。

何か違和感がある。

マコトの注意を引いたのは、一般客から少し離れて歩く一人の大柄な男だった。

手荷物を持たず、街に出かけるような少しラフな格好に黒いロングコートを羽織っただけの軽装は、旅慣れたビジネスマンには見えない。

貨物室に荷物を預けているにしても、全体的な雰囲気が違う。

何より目立つのは、遠くからでも見て取れるその男の魁偉(かいい)な容貌だった。

顔も含めて体全体が大きい。周囲にいる地球系人類の姿が合成撮影かと思うほど華奢で小さく見える。

身長は二メートル三、四十センチあるだろう。顔も常人の一・五倍ほどに見えるため、頭身自体は普通に八頭身弱。

開襟シャツを下から盛り上げる大胸筋や猪首のように見える太い首と肩の筋肉など、相当鍛えた肉体の持ち主だった。

それだけなら日頃筋肉自慢の兵士たちを見慣れているマコトも、衝撃など受けない。

目が離せないのは男の顔――獣を連想させる異相だった。

赤銅色の肌に前にせり出した鼻と口。顔の大半は後ろに向かって生えた金色の剛毛で覆われている。

眉と頬髭、もみあげと顎髭、オールバックの髪のすべてがつながったようすは、映像で見たことのあるライオンのたてがみのようだ。

落ちくぼんだ眼窩と大きな口まで、人間に変身途中のライオンじみた容貌にしている。耳の位置はヒューマノイド型人類と同じだが、その程度で全体の印象は変わらない。

肌や髪の色、体型などは六芒人と近い部分があり、毛深さは個人差の範囲に収まる。

もう少し近くまで来たら目の色がわかるので、真紅の虹彩なら六芒人もしくは六芒人の混合種だと判断してもいいかもしれない。

短い間でそれだけのことを見て取ったマコトだったが、目の色を確認する前に窓口で名前を呼ばれた。

荷物の到着は、この惑星の仕分け装置を通過した際、自動的に事前登録したアドレスにメールで通知される。

マコトは、携帯端末のメールをスキャナーにかざす。メールを読み取ったコンピュータが、荷物の受け付け番号と照合した。

一瞬で確認は終わり、次にＩＤカードを記録装置に置くよう指示が出る。

さらに静脈認証を経て、マコトは持参した身分証の本人であり、荷物の受取人と認められて、小箱に入った機械部品を受け取った。

その間、一分とかかっていない。

受け取り自体は早くて簡単だが、メーカーに在庫があっても惑星外に発注し、届くまでかかる日数は最短で十日。時間と送料がかかるので、消耗品の部品は多めに取り寄せておきたいのに、悲しいかな予算が許さない。

オスカーシュタイン大尉が着任するまで、訓練以外に使用されたことのなかった戦闘機やＡＦＳの機体が古いままなのは仕方がないとしても、在庫と予算と送料込みの部品代を照らし合わせながらの整備は、時々耐え難いストレスを感じる。

――これ以上送料が上がったら、惑星軍からの押収品を本当に使っちゃおうかなー……。

などと部品に添付されていた明細書を眺め、マコトは不穏なことを考えた。

大型の押収品は輸送科の倉庫に、小型のものは需品科の倉庫に分けて仮収納されている。輸送科の押収品の目録はマコトが作成したので、何が幾つあるのか知っていた。

押収した大量の武器は正規の輸入品ではなく、代金も惑星政府から払われたものではない。従って惑星政府に返還請求権はないので、首都防衛任務に就く連邦宇宙軍カーマイン基地の管理下に置かれたまま、処分は宇宙軍本部の指示待ちの状態だった。

惑星外に持ち出すなら輸送費がかかり、解体し廃棄処分にするのにも費用がかかる。

現在のカーマイン基地の窮状を訴え、押収した武器を廃棄処分にするなら基地に一任して欲しいと、司令官名義の報告書の最後にラクロワ中佐が付け加えた。

それを進言したルシファードは――。

『というわけだから、好きなように使っちまっていいぞ。ブレッチャー司令官殿もすでにもらった気になって、喜色満面だ』

そう言われても、まだ正式に返事がない段階で押収品を勝手に基地の所有物にするのは、はばかられた。

だが、この状況もそろそろ限界が近い。

取り寄せている特殊部品の在庫も少なくなってきたため、中古機でもいいから上位機種を購入したらどうかとメーカーから打診されるようになった。

そんな金、ここの基地のどこにあるんだ。

輸送科に所属する兵士全員が声を揃えて言うだろう。

彼らは今後の参考のためと称し、暇を見ては倉庫に入り浸って押収品をなで回している。

気持ちはよくわかる。物凄く、よくわかる。

マコトは押収品の中に一機だけあった最新鋭戦闘機に、こっそり心の中で名前を付けて愛でていた。

整備兵たちは、いい加減機体のために整備をさせろと騒ぐ。

マコトもまったく同感だったが、一度でもそんなことをしたら手放せなくなりそうだ。

輸送科の中でも古参の整備兵たちは、手綱をゆるめるとどこまでも暴走するメカ・オタクの集団なので、士官としてマコトは慎重に振る舞う必要がある。

そんな彼の理性も明細書を見ているうちに揺らぎ出す。

——よし。お兄さまみたいに男らしく大胆不敵に生きよう……！

マコトは明細書を片手で握り潰し、押収品を頂戴する——もとい活用する決心をした。

その迷彩服の肩を誰かが軽く叩く。

スクリーン・グラスで目元を隠した美貌の男が、すぐ隣に立っていた。

「よう。こんなところで会うとは、奇遇だな」

「……お兄……大尉殿！」

男らしい口調で挨拶したルシファードは、皓い歯を見せて爽やかに笑う。

目元を覆う黒いスクリーン・グラスをしても、類稀な美貌を完全に隠せていなかった。

通りかかった人々は、まず軍人でありながらクセのない黒髪を長く伸ばす彼の姿に驚き、その顔を見上げて陶然とする。

そして、輝くばかりの美形オーラを周囲に放つ彼のそばから、名残惜しそうに去っていく。

気持ちはわかる。が、素顔を見たらそれどころではない。

見惚れるを通り越して、魅入られ硬直した生身の彫像が宇宙港のロビーに何体も出現することになるだろう。

さらにマコトは、一般客も利用する宇宙港で、階級が上の麗しい男を自分がお兄さま呼ばわりしたら、周囲がどんな誤解をするか気づいた。

大惨事になる前にあわてて言い直す。

その良識が、何故か職場である基地内になると発揮されないのは、ルシファードと周囲にとって非常に残念なことだった。

好きなものに対して、マコトは身内に気を遣わない。

「大尉殿こそ。宇宙港警備……ではありませんね？」

「それは先月だ。報告書のディスク・メールをちょうど発送したところだ」

宇宙港警備なら戦闘服を着ている。

ルシファードは制服の肩越しに、背後の小型貨物発送窓口を親指で示した。

受け取りと発送の窓口が隣り合っていないので、互いに気づかなかったらしい。

「いよいよプロジェクトも終わりですね。明日の打ち上げで、都市警察のガーディアンたちともお別れか……」

「何をしょんぼりしている。好きな時に連絡を取り合えばいいだろ。二度と会うなとは誰も言ってねーぞ？」

「そんな風に親しくしていいんですか？　都市警察とは犬猿の仲なのでは？」

「そこまで深刻じゃねーだろ。都市警察の連中に憎まれているのは、色々やらかした俺一人であって、あとは貧乏基地だと馬鹿にしているだけだ。勿論、馬鹿にされて面白くないから、基地の奴らは都市警察の態度に腹を立てているが。個人的に仲のいい若者たちが付き合うのを四の五の言うほど、お互いにガキじゃあるまい。現にウンセット部長と俺は、利害の一致からなあなあだ」

馴れ合っていると指弾されても全くの事実なので、否定する気は一切ないウンセット部長とルシファードだった。

互いに気が合い、仕事上では敬意を払っている。

マコトとガーディアンたちほどの親密さはないが、打算と好感が同居する大人の淡泊な友情はあった。

「わかりました！　これからも個人的に付き合います。――ところで大尉殿。私はグラディウス・ベル軍曹のように、典型的な容姿の六芒人もしくはその混合種(ハイブリッド)にしか、出会ったことがありません。六芒人には、その種族的特徴を逸脱するほどの大きな個体差は存在しますか？」

「当たり前だ。遺伝子の変異がない種は、滅亡の危険にさらされる。いかに優性遺伝と言われる六芒人らしい外見の遺伝子でもな。肌の色の濃淡、赤や茶など髪の色の違いと髪の癖、身長の高低。さらには華奢な――と言っても地球人なら標準だが、そんな体型の六芒人にも会ったことがある。ただし、まったく六芒人に見えない容姿とまでは言えない。地球人ほど外見的特徴がバラエティに富んだ種族は、銀河系では例外だからな」

ルシファードの説明にマコトはうなずく。

優秀な人材が集まる学都では、地球人以外のヒューマノイド型人類とも多く出会った。

地球人は惑星移民初期、環境に合わせて大きく外見を変化させていた。それほど変異率の高い遺伝子を持つ地球人のほうが珍しい。

その代わり、遺伝子の変異を容易にするためなのか寿命が短く、世代交代が早く進む。そして繁殖力も強い。

「実はついさきほど、六芒人かもしれないなと思った人を見たのですが……。体型はともかく、あまりにも顔が変わっているというか……どうにも判断がつきませんでした」

「変わった顔？」

「毛深いというのもちょっと……ライオンみたいな感じ？」

的確に表現できる言葉を探すマコトに対し、急に表情を険しく変えた男が、押し殺した小声で尋ねた。

「マコ。その男はまだ近くにいるか？　待て。あからさまに探しているように見回すな。それとなく——俺に所在を教えていると、絶対気づかれないように」

「え？　あ、はい。……いました。赤いコートを着た小さな女の子が、今お母さんらしき女性に駆け寄っていきました。その右斜め前方五メートルくらい……黒いコートを着た大柄な男性です」

位置を教えてから、何故ルシファードはマコトのいう相手が男だとわかったのだろうと、ふと思う。女性の容姿について毛深いとか、獣のような顔と表現するのが失礼だからか。

ルシファードは話の途中で、ふと顔を上げたという風を装って、部下の告げた方向に顔を向ける。

ごく自然な動きだった。スクリーン・グラスをしていることもあり、相手に悟られるとは思えなかった。

しかし——。

「マコ。気づかれた。この場から即座に逃げろ……っ」

緊迫した調子で言い捨てるなり、ルシファードは人の少ない方向に全力で走り出す。

置き去りにされたマコトは呆然とする。

見送る視界の隅に黒い線が横切った。

——早い……っ！

ルシファードも驚くほど早かったが、それ以上に黒いコートの男が走る速度は人間離れしていた。

追いかけられる形のルシファードは走りながら振り返り、右手を男に向ける。その手には拳銃が握られていた。

銃に可能な速度で連射する。

いくら閑散としたロビーでも周囲に乗降客がいる。にも関わらず、ためらうことなく撃ったのは、自分の射撃の腕に自信があるからだろう。

撃たれた黒コートの男は立ち止まった。

だが、銃弾を肉体に浴びたようすはなく立ち続ける。

男の一メートルほど前で、小さな金属音がした。床に落ちてちらばる沢山の銃弾。

——弾を空中で止めたのか……念動力（テレキネシス）？

ルシファードからただならぬ危機感と共に逃げろと言われたが、マコトが行動に移るより早く展開する異常事態に、何が起きているのか理解するのが精一杯だった。

男のコートが内側から発せられる力で大きく膨らむ。

爆発に似た衝撃音。

取り寄せた部品の箱を手にしたまま、マコトは驚いて飛び上がった。

視界全体に光を反射するものが映り込む。

それは砕けた硬化ガラスのおびただしい破片だった。

宇宙港の旅客ターミナル全体に使われている建材のうち、ロビー上部を覆っている部分が、細かく砕けて落下した。

それは本来、均等かつ広範囲に小さく砕けるものではない。何故か落下速度も速すぎる。

しかし、途中で大小の破片はすべて空中で静止した。

――あいつが念動力で砕いた破片を弾丸の速度でロビー全体に降らせたのか？　もしかして、それを大尉殿が止めた？

黒コートの男は再び走り出すと、ルシファードとの間にある距離を一気に詰めた。

弾倉の弾を全部撃ち尽くした宇宙軍士官は、役に立たない拳銃をホルスターに戻し、男を迎え撃とうと身構える。

だが、襲いかかった男の動きに何かフェイントがあったらしい。フェイントも本当の攻撃も、早すぎてマコトの目では追い切れなかった。

鈍い音。

身構えながら、ルシファードの体が二つ折りになって、あっけなく後方に吹き飛ぶ。

マコトの顔から血の気が引いた。

その姿勢と速度から、どれほどの衝撃を彼が受けたのか容易に想像がついた。

人間を即死させるスピードで車が衝突したら、そんな光景になるかもしれない。

しかも、その衝撃は狭い範囲を襲っていた。内臓破裂はほぼ確実。

「痛っ！　イタタタッ！」

マコトは、突然音を立てて頭上から降ってきた硬化ガラスの破片の雨に打たれ、悲鳴を上げた。床を転々とするルシファードの姿を見失ってしまう。

破片を空中で静止させ、下にいる人々を守った超能力者の力は途切れたが、低い高さからの落下なので多少の苦痛とアザになる程度で済む。

――大尉殿は……っ！

足元に転がる破片には目もくれず、ルシファードを探した。

両腕を床について、上体を起こす彼が遠くに見える。長い黒髪の乱れかかる背中が大きく波打った。

乗降客の悲鳴が、彼の血を吐く音をかき消す。

おびただしい量の赤い液体が、ロビーの床に広がった。

マコトは我が身に起きたことのように激しいショックを受けた。

視界が暗く狭まり、脈拍が早く、呼吸が浅くなる。

全身が細かく震え始め、寒気を覚えた。

——大丈夫だ。お兄さまには、治癒能力（ヒーリング）がある……っ。だから死んだりしない……っ。

ガタガタと恐怖に震えながら自分に言い聞かせる。

獣相の男は大股で歩み寄り、立ち上がることのできないルシファードの髪を鷲摑（わしづか）みにして引きずり起こす。

頭を床に叩きつけるつもりだ。

だが、その残酷な行為を行なう前に、男は苦痛に満ちた咆哮（ほうこう）を上げて飛び退（すさ）った。

その右腕が、中にあるはずの骨を感じさせない妙な動きで揺れる。

男が押さえる右腕のコートの袖が、見る間に内側から膨れ上がり、生地が引き裂けそうに張り詰めた。

袖から出ていた右の手のひらも水を入れたゴム手袋のように腫れ上がる。

ルシファードが摑まれた髪を通じて念動力を使い、骨を粉砕したのだろう。

敵が離れた隙に、よろめきながら立ち上がった彼の快復力も凄まじい。

どう見ても、地球人なら内臓破裂で即死の衝撃だった。

それでも完治には遠いのか、横を向いて咳き込むと再び血を吐く。

さきほど吐いた量より、ずっと少ないのが救いだった。

その彼に怒り狂った男の蹴りが飛ぶ。

右腕を破壊されたせいか、マコトにも見える速さだったが、ルシファードのほうも本調子には程遠い。

左腕で身をかばいながら蹴りを回避しようとする。

その左腕に蹴りが当たり、骨の折れる嫌な音がした。

男の大柄な肉体に秘められた力がどれほど人間離れしたものか、ようやく実感として理解できる。

速さと力を兼ね備える肉体の高い攻撃力に、破壊をほしいままにする念動力。

ルシファードが対抗できる念動力でさえ、互角のように見えた。

マコトに逃げろと言った意味がよくわかる。圧倒的な力の前に無力な部下を、敵の攻撃からかばい通す自信がなかったのだろう。

男は蹴り倒した宇宙軍士官の体を片足で踏みつけ、無傷な左手で蹴りを受けた相手の左手首を摑む。

ルシファードが短く声を上げた。

「……っ」

ただ見ているしかないマコトが、あまりにも残忍な光景にすくみ上がる。

まだ生きている相手の折った腕を力業で引きちぎろうとしている。いかに剛力を誇るにしても、まともな人間の発想ではない。

一方的な虐殺に慣れたものの無造作な行為だった。

しかし、獣相の男が内面も残虐なケダモノなら、その相手は多くの戦いを生き抜いてきた戦士だった。

床に散乱していた硬化ガラスの破片が数個浮かび上がり、男の顔面を襲う。

自身の念動力でそれを止めた男は、見下した笑いに唇を歪めた。

攻撃を止めたと思い、男が気を抜いたその瞬間、空中で制止した破片が爆発的に砕け散る。

予想外のことに対処できず、男は破片を顔面に浴びた。

獣じみた叫びを上げ、ルシファードの腕を放した片手で顔を覆う。

指の隙間から鮮血が溢れた。

力なく下に垂れている右腕のようすから、男が治癒能力を持っていないらしいとマコトは気づき、それだけは良かったと思う。

男は手を放し、血まみれの顔面で哄笑した。

右目に穴が開き、血の涙が頬を伝う凄惨な光景。

無事な左目は、予想していた六芒人の真紅ではなく、琥珀(こはく)色だった。

男はルシファードに何かを言い、身を翻(ひるがえ)す。

片腕の負傷を感じさせない速度でロビーを走り抜け、正面入り口から外へと姿を消した。

その頃になってやっと警備兵の集団が駆けつけた。

乗降客が教える方向に追いかけようとする。

「追うな！」

安堵のざわめきや恐怖のすすり泣きを圧した声が響く。

顔面蒼白ながらも立ち上がったルシファードは、警備兵たちに断固として命じた。

「奴を追うな。皆殺しにされるぞ。あいつは銀河連邦手配レベル1で最強最悪の凶悪犯だ。今まで気の遠くなる数の宇宙軍兵士と宇宙警察の刑事と賞金稼ぎが、全部返り討ちにされて死んでいる」

「それではどうしろと……？」

「奴が乗ったリニアカーがどこにたどりつくか、最後まで監視していろ。途中で別の車に乗り換える可能性もあるから、都市警察にも連絡して協力を仰げ。その際には、絶対に奴に手出しするなと念押ししろ。死人の山を築くだけだ。相手がガタガタ言いやがったら、俺の名前を出せ。都市警察に死人が出たら、忠告も理解できない阿呆だと笑ってやるとな」

「ア、アイ・サー！」

一人の兵士が宇宙港の警備本部へと走っていき、残る兵士たちは一般客たちの誘導や後始末を始める。

立ち尽くしたきり、その場から動けなかったマコトも、やっとルシファードに駆け寄ることができた。

「大尉殿！　救急車両を呼びます。軍病院に行きましょう」

「必要ない。もうすぐ完全に治る」

「でも、体にはショックが残っています。血もかなり吐きましたよ。検査だけでも――」

ルシファードは片手を振って、青年の言葉をさえぎる。

「本当に大丈夫だ。昔、生きながら何度も解剖されたお陰で、この手のショックには強い。俺を解剖した野郎が、今のケダモノの親父なんだが」

「えっ？　今のケダモノって、手配レベル1の……？」

「ラークシャス・ムガル。通称〈ザ・ビースト〉」

マコトは通称を聞いて妙に納得する。まさしく人の姿に似せて作られた最悪の獣だった。

戦いの中でスクリーン・グラスを失ったルシファードは、拳で口元をぬぐい、ついた血に顔をしかめる。

「すみません。六芒人ではありませんでした」

「いや、お前の勘はある意味正しい。あれは学都の一つが、六芒人の遺伝子をベースにして違法に生み出したデザイナー・チャイルドだ」

「それにしても手配レベル1の凶悪犯が、なぜ今、惑星バーミリオンに来たのでしょうか？」

「今だから、かもな。奴の親父は流民街地下に埋まっている移民船にいる。親父のボディ・ガードで呼び寄せられた可能性もある」

「そことつながっているんですか！」

ルシファードは戦慄（せんりつ）するマコトにうなずいたあと、教えるというより半ば独白めいた言葉をつぶやき続ける。

「乗った宇宙船ごと恒星に叩き込まれて、死んだと聞いていたんだが……。亜空間通信のトラブルで、目撃情報も伝わらねえだろうし……まいったなぁ。もしかして、あいつを殺す役目が俺に回ってくるのか？」

「無理ですっ！　失礼ながらいくら大尉殿でも、あんな化け物の相手は無理です。殺されてしまいます！　お願いします。止めて下さい」

マコトは本気で嘆願した。

今の超人的な戦いを見ていたからこそ、ルシファードでも無理だと確信する。

宇宙軍の英雄と呼ばれる男は、我に返ったようすで泣き出しそうなマコトを見返し、笑って頭を撫でる。

「そんな顔をするな。今日は俺が不利だっただけだ。守るもののない場所なら互角にやれる」

「……あ……そうか。破片の雨からみんなを守って下さったせいで、隙（すき）ができたんですね？」

「その破片であいつの片目を潰したわけだから、五分五分より少しマシだろう」

「そうですね！」

ルシファードの言葉を素直に信じるマコトに笑顔が戻る。

だが、ルシファードは片手で髪を梳き上げ、珍しく悲観的なことを考えていた。

自分と同時期に造り出された〈ザ・ビースト〉がバーミリオン星に出現したことを報告したら、O2（オーツー）はどう思うだろう。

『どっちが理想に近いか、親父の代わりに息子と戦って決めるのも面白いな』

〈ザ・ビースト〉の捨て台詞には、色々と過去のしがらみがあるのを感じる。

――なんで俺にケツを持ってくるんだよ。勘弁してくれよ、親父。

悪あがきどころか、敵（イヴル）はやる気満々だった。


ルシファードは今月の宇宙港警備を担当する中隊長から、施設内での戦闘行為について事情聴取を受けた。

監視カメラの映像と突き合わせ、自分の証言と矛盾がないことを確認後、解放される。

勿論、報告書は書かねばならない。

本部ビルに戻る途中のリニアカーの中で、ルシファードはアリオーニ憲兵隊隊長に連絡して事情を説明し、副官がいる執務室で待ち合わせをする。

「逃亡犯の追跡は成功したのか？」

ライラが代行して中隊の書類を決裁する執務室に入るなり問いかけたマルチェロに、ルシファードは本来副官が座るデスクの向こうから手招きする。

憲兵隊隊長は机を回り込み、友人の見ているパソコンの画面をのぞき込む。

今までルシファードと話していた都市警察のウンセット部長が、渋い表情でマルチェロに挨拶した。

『よう、憲兵隊長。一難去ってまた一難とは、このことだな』

「まったくだ。お疲れ。――で、リニアカーの追跡は？」

『交通課のコンピュータが、該当車を捕捉している。だが、もうすぐイエロー・タウンと流民街との境界だ。リニア・システムは流民街の連中が勝手につなげたから稼働しているが、都市警察のコントロールからは外れる』

「追跡はそこまでということか」

「いや、大丈夫だ。衛星が引き継ぐ」

ルシファードの言葉に二人が画面の内と外から見遣る。

もはや、この男のハッキングなど今更なのだが、憲兵隊隊長は詰問した。

「お前、また乗っ取ったのか？」

「いや。ずっと俺のコントロール下に置いているけど？　こんな事態が起きるたびにいちいち乗っ取るの、手間じゃん」

『そうだな。衛星からの映像をこっちにも回せるか？』

罪悪感の欠片もない答えに絶句するマルチェロより、大人の機動保安部部長は実利を取る。

ルシファードの指が恐ろしい速さでキーボードの上を移動した。

「親父のデスクトップ・パソコンでいいよな？」

『あ、ああ？　……ってこの野郎っ。人のパソコンに侵入して勝手に操作するなっ』

モニターの向こう側ではウンセットの怒声が上がり、憲兵隊隊長は片手で顔を覆って言葉もない。

一連のやり取りを聞きながら仕事の書類を繰るライラは、冷静に感想を言う。

「相変わらずやりたい放題ね」

「×××！　衛星の角度が悪くてビーム砲が使えねぇ。どこまでも悪運の強い野郎だ」

「おい、今何て言った？　まさか残った攻撃衛星のビーム砲で奴の乗ったリニアカーを狙い撃ちするつもりだったのか？」

マルチェロは、舌打ちしたルシファードがひとりごちた言葉を聞きとがめる。

「当然だ。それが一番安全に始末できる。万が一、巻き添えで市民の乗った車まで蒸発させないよう、流民街に入ってから片付けるつもりだった。親父の顔は立ててねえとな」

『そりゃどうも。お気遣い痛み入る。流民街なら何をやってもいいというお前の考え方はどうかと思うが……』

「流民街なら俺に直接文句を言う知り合いはいねえもん」

『そういう基準なのかっ』

「お前の価値観は変だぞっ」

ウンセットとマルチェロが同時に叫んだ。

ライラが向こう側の机で乾いた笑い声を上げる。

「そういう人なんですよ。他人の人権を尊重する気はないみたいです」

「会ったこともない奴の被害を考慮して自分の行動が制限されるなんて不条理だろ。その代わり、そいつが俺の人権を踏みにじる権利は認めるぞ。俺がそれに対処し、報復する場合も多々あるけど」

『お前には社会性というものがないのかっ。やられたらやり返すとは蟻以下の奴だな』

「蟻の世界にはないが、人間の世界には法律があるんだ。攻撃衛星のビーム砲を使うのは、いくら相手がレベル1の凶悪犯でもやり過ぎだろう」

立場はそれぞれ違うが、法の番人であり執行者でもある二人からルシファードは頭ごなしに怒られる。

大人しく首肯する性格なら副官が空しく笑うはずもない。

「甘いぞ、マルっち。奴を殺すなら遠くから狙うしかない。気づかれたら念動力で防御されて、凄まじい反撃がくる。レベル3より上の手配犯が生死不問なのは、捕らえようとする側の命がそれだけ危険だということだ。あの野郎が何をやって、どれだけの人間が返り討ちにあったかは調べればすぐわかる。資料を全部見終わるまで相当時間がかかるから覚悟しろよ」

淡々と語るルシファードの声音に妙な凄みがあった。

宇宙軍の英雄と称えられるほど派手な武勲を立てたルシファードをして、そこまで深刻に考えねばならない相手だと暗に告げている。

手配レベル1の犯罪者など今まで出会ったことがないマルチェロとウンセット部長は、当惑して押し黙った。

二人に代わって、ライラが尋ねる。

「私も知らないから、それはあなたがお母さまと一緒に賞金稼ぎをしていた頃の情報ね？」

「ああ。奴に家族を殺されたという同業者が追っていた。その男が、奴を乗り込んだ宇宙船ごと恒星に叩き込んだと聞いたのに……」

「残念ながら生きていたようだな。その同業者に前後の状況を聞かないと、どうやって逃げられたのか不明だが」

「殺人罪でどこかの宇宙刑務所に収容中だから、聞くのは無理だな。恒星に墜落させた宇宙船には、ほかに無関係な民間人も乗っていた」

ライラはため息をつく。

「それだけの犠牲を払っても、〈ザ・ビースト〉は抹殺すべきだと考えたのでしょうね。それなのにすべてが無駄だったなんて、本人には知らせられない事実だわ」

「お前もやりそうなことだから気をつけろ、ルシファード」

憲兵隊隊長は、衛星から送られてくる映像を眺めている男に言った。

「やだなぁ。いくらなんでも、俺そんなドジは踏まないよ?」

「そっちじゃないっっっ」

『——今、ラークシャス・ムガルを検索して調べてみた。確かに危険すぎる男だな。都市警察は手を出すなというお前の伝言ももっともだ。俺は部下を無駄死にさせたくない』

「地上で奴を殺すには、気づかれないように遠くから頭部を狙撃するか、室内にいる時を狙ってミサイルか迫撃砲を撃ち込むか、爆弾を仕掛けて吹っ飛ばすか……そんなトコだな。生身でも恐ろしく丈夫だから、AFSを破壊するくらいの威力の武器を使うべきだろう。宇宙船に乗っている時なら戦艦で攻撃すればいいから楽なんだけど」

「そこまで対処方法がわかっていながら、どうして今まで抹殺できなかったのかしら」

「まさしく獣並みに勘がよくて、罠を仕掛けても直前で逃げられるらしい。危険察知能力が、予知能力のレベルまで高いという話だ。奴の超能力を正確に測定した機関はないから、ひょっとしたら本当に予知能力もあるのかもしれない」

ライラの当然の疑問にルシファードが答える。

「正確に測定していない? ひょっとしてムガルはESP法による深層心理への暗示を受けていないのか?」

『資料によると、ESP法第一次措置終了と書いてあるが……何のことだか』

「五歳児の健康診断で、超能力ありと判定された子供は、強制的に第一次措置を施されるんだよ。超能力を使って悪さをしてはいけませんという〈しつけ〉のようなモンだ。心理的に抵抗がある程度だが、それがあるとなしでは雲泥だな」

「それじゃ、心臓に負荷がかかるというのは――」

マルチェロは、ルシファードから何度か聞かされていた非人間的な暗示の話を持ち出す。

「五歳児は心身能力すべてにおいて発展途上だ。さらに言うと子供にそんな暗示をかけようとしたら、間違いなく母親たちが激怒するな。十五歳の時に専門機関で検査して、正式に超能力の種類とレベルを判定する。それがＩＤにも登録されるし、他人を殺傷できるレベルなら心臓に負荷をかける暗示を施される。そこまでやって第二次措置終了だ」

『ムガルのプロフィールを見ると、お前の言った第二次措置は受けていないようだが、強制力はないのか？』

「惑星の出入りでＩＤカードを提示するたび野放しの猛獣扱いされて、専門機関に行って第二次措置を受けるよう係官から注意されるが、早々と裏社会で生きる決心をした奴なら、その程度のことは気にしないだろう。ただし超能力で罪を犯して逮捕されたら、裁判で相当不利になる……というか、サイキック・コントロール・システムを脳に埋め込まれる」

他人事のような口調で超Ａ級超能力者は付け加えたが、ＰＣリングがどんなものかを知るライラと憲兵隊隊長の反発は激しかった。

「やりすぎだっ！　ＰＣリングをはめて、宇宙刑務所にブチ込めば済む話だろうがっ」

「脳を破壊する気？　それって自分で死刑執行人になれってこと？」

ルシファードは肩をすくめる。

「見せしめなんだから当然だろ。そこまでやらかす奴なら、裁判どころか逮捕される前に殺されていると思うけど」

「何に対しての見せしめなんだ？」

「ああ、そうか。周囲に超能力者がいなければ、ＥＳＰ法なんて存在さえ知らなかったよな。念じるだけで人間を殺せるバケモノは存在自体が危険だから、すべて狩り出して殺せという過激な連中がいるんだよ。連邦議会の有力議員たちに」

『馬鹿な。銀河連邦議会の議員なら、惑星代表だろうが。そんな偏見を自分が代表する惑星の総意として主張する輩がいるわけがない』

「それを偏見だと言い切るのは、親父が超能力者から酷い目に遭わされていないからだよ。俺には有難いけど」

苦笑するルシファードの言葉にライラは気づく。

「そこまで過激な主張をする惑星代表が、無視できない勢力を持つからには、惑星規模で超能力者の集団と対立しているところが、そんなにいくつもあるの？　それともあなたのような強力な超能力者が、単体で大きな災厄を引き起こしたとか？」

バーミリオン星で何かやらかすと予知されているらしいルシファードは、他意のない親友の質問に内心ぎくりとしたが、ポーカーフェイスを保つ。

「そのあたりの事情は俺も知らねえよ。勿論、そんな過激な連中の主張にくみしない良識的な議員が大半だし、優秀な奴ほど強い超能力者になる白氏族みたいな種族には論外な話だ。そして、宇宙軍にも超能力者を軍事利用しようという思惑があった。かくて『超能力者を皆殺しにしろという極論を吐く連中から、法的に守ってやる代わりに管理を受け入れろ。それから法律に基づく二回の措置を受けないで罪を犯すと、人権は保障しないぞ』という、超能力者を効率的に選別・管理するためのESP法が作られた。各方面の打算と妥協の産物だな」

「見せしめというのは、管理を拒む超能力者に向けてのメッセージなのね」

ライラの解釈をルシファードは否定も肯定もしない。

超能力者を悪しき存在と考える連中なら、脳にPCシステムを埋め込んで超能力を封じた上で服役させるという判決さえ許し難い甘さと考えるだろう。

法律は改正できる。

超能力者の人権を守るべきだと考える良識的な議員が、常に多数派でいられるか否かは超能力者、特に強力な超能力を持つものの行動にかかっていた。

だが、一部の白氏族の振る舞いを例に挙げるまでもなく、強大な力は全能感に繋がり、尊大な人格を形成しやすい。

——でもＯ２は、超能力を持っていなかったとしても同じ性格だった気がするなぁ……。超能力抜きで有能なのは間違いないし。

目はモニターに映し出されるリニアカーを追いながら、別な方向にそれ始めていたルシファードの思考をマルチェロの声が引き戻す。

憲兵隊隊長は、友人が語らなかった問題点を正確に把握していた。

「ラークシャス・ムガルみたいな奴が出てくるようじゃ、現行のＥＳＰ法を改正して、もっと処罰と管理を厳しくすべきだという声が今後高まるんじゃないのか？」

『いくら管理や法律を厳しくしても、ムガルのような輩は必ず出るだろう。何しろ法律に従う気がないんだからな』

「ルシファ。今のウンセット部長の言葉を聞いて、耳が痛くならない？」

「別に。ＥＳＰ法第二次措置は受けたし、法律だって守る時は守っているぜ？」

「そんなセリフを堂々と言うな。法律はいつも守ってくれ。頼む」

とうとうマルチェロは、耐えられないとばかりに両手で顔を覆ってしまった。

ルシファードは、ついに泣きが入った友人を不思議そうに見上げる。

そんな男のようすをモニターの向こう側から見て、都市警察の機動保安部部長も分厚い手で顔を覆う。

「頼む、若いの。もう少しいい子になってくれ。俺たちの神経がもたん」

「まあ二人とも軟弱。今は口だけで、幸いにも実行中じゃないのに。私はこの人と十二年間も付き合っているんですよ」

ライラが暗く嘲笑する。

この男があんなことやこんなことをする現場で、なすすべもなく見ているしかなかった経験も、一度や二度ではない。

しかもマルチェロやウンセットは逮捕する側だが、ライラは共犯として逮捕される側だ。二人が感じるストレスとレベルが違う。

周囲の苦悩も意に介さず、本人はパソコンを操作して可能な限り対象物を大きく映し出す。

「ここで車を捨てるということは、やはり地下宇宙船に行くつもりか――」

「このビルか？　確か移民船の残骸に降りるエレベータがあるんだったよな？」

「メイン・ストリートに一番近い入り口だ。ある意味、わかりやすい場所にあるビルだから、初めて来る奴に教えやすい入り口とも言える」

友人の説明にマルチェロは納得した。

「これでラークシャス・ムガルは、惑星外にいた時から〈イヴル〉と連絡を取り合うほど関係が深かった、という証拠にはなる。しかし、惑星政府から最新の情報をもらって、宇宙港の身分照合システムは更新したはずだろう。どうして手配レベル1の重罪人が簡単に入って来られたんだ？」

「ムガルは死んだことになっているから、情報が削除されていたんだと思う。情報が古いままなら、凶悪犯のデータは意図的に削除されていたから、結果は同じだ。奴の立場からすると、ちょうど宇宙港のロビーに出たところで俺と出会ったのは、不幸な偶然以外の何ものでもないだろうな。俺もそんな偶然、全然嬉しくない」

ルシファードは無意識に、ムガルの剛力で引きちぎられかけた腕を手のひらで撫でる。治癒能力のお陰で完全に治っているが、激痛のショックは不快な余韻となって体の奥をざわめかせていた。

『それで、どうするんだ？』

「どうもしない……つーか、できねえよ。下手に地下宇宙船に強行突入して制圧を試みたら、どれだけの人死にが出るか想像したくもない。俺は部下を犬死にさせて、やむを得ない犠牲だったなんて言い換えるゲスな趣味はないんでな。あれは連中にとって最強の用心棒だ」

『そうじゃなくて、お前がどうするかという話だ。宇宙港でやり合ったんだろ？　超能力で対抗できるんじゃないのか？』

ウンセット部長と同じ期待をマルチェロも抱いていた。

その疑問にライラが答える。

「それは不可能です。たとえルシファァの念動力が相手の力を上回っていたとしても、第二次措置を受けたルシファァは防御しかできません。しかもルシファァがＰＣリングを外し全力で戦った場合、巻き添えで誰かが死ぬ危険があります。対する相手は、念動力で人間を殺そうと心身に何の影響もないため、ためらわず攻撃してくるでしょう」

「正当防衛の巻き添えで死なせた時も、深層心理への暗示は発動するのか？」

「自分の超能力が人間を殺したと認識した時点で。ただ、この人の場合は未知の要素が加わります。やっちまったモンはしようがねえと、自分の行為をまったく気にかけなかったら、暗示が発動しないかもしれません」

ライラの答えにルシファードは苦笑して頭を振る。

付き合いが長いだけになかなか鋭い分析だった。

だが、そんなにＥＳＰ法は甘くない。状況次第で負荷は変化し、正当防衛で二人殺した程度の負荷はやり過ごせるが、三人以上殺したら自分の心臓も止まるだろう。

つまりＥＳＰ法では、正当防衛でも超能力で三人殺したらその場で死刑になる。

専門家が考案した精緻にして強力な暗示から逃れる方法は、超能力ではなく普通人と同じように武器を使用して人を殺すか――殺人を犯したと認識しないことだった。

「宇宙港ではマコに治癒能力がある分、俺のほうが有利だと言ったが、接近戦で必ず勝てる自信はないな。反応速度や筋力などの身体能力はあちらのほうが上だ。多くの罠や包囲網を突破してきた百戦錬磨の悪党は、六芒人を上回る体力と頑健な体を持ち、殺人を禁忌としない念動力の遣い手というわけだ」

『……せめてなんとか念動力だけでも封じられんものか』

ルシファードの説明を聞いて、ウンセット部長がうめく。

ムガルは野獣というより、意思を持つ巨大な災厄だった。

途方に暮れたライラとマルチェロは、念動力では唯一の対抗手段となる男にすがるようなまなざしを向ける。

「だから俺には無理だって。超A級の念動力者同士が全力で戦って、周囲が無事に済むわけねーだろ。宇宙港では他の人間を気遣ってかばう余裕もあったが、双方全力で戦えば周囲は瓦礫(がれき)の山になる。あいつを抑えるには、同じ念動力者よりA級以上の精神感応者(テレパシスト)のほうがいい。それもニコルのような読心系やレッドのような探査系ではなく、精神操作系や機能操作系に適性のあるやつ」

「精神感応者にそんなに細かく分類があるの？　精神感応(テレパシー)って他人の思考を読み取る力のことだと思ってた」

「O2のように全部適性のあるタイプもあるが、大抵はその人間が必要とする方面に発現するからな」

『なるほど。かつて海中で生活していた水麗人のレッドは、海中や海底を探査したり、仲間とコミュニケーションするために発現した能力だから探査系か』

ウンセット部長の解釈にルシファードはうなずく。

「コンピュータに対してのみ発現する俺の力は、機能操作系の限定版だな。——ニコルは思考伝達と読心のほかに精神操作もできるが、相手の本来の意思に反した操作は正攻法だと難しいそうだ。かなり高レベルな精神操作系の精神感応者でも、強い精神力を持つ人間に対しては、気づかれずに精神操作するのは不可能に近いと聞いたことがある」

「機能操作系というのは？　お前はコンピュータを自在に操作するが、人間の操作なら精神操作系になるんじゃないのか？」

「脳の機能に干渉する。視覚を操って幻覚を見せたり、痛覚を操作して激痛を与えたりする。特定の脳内物質を出させて感情を操るのは精神操作系と重なるが、意思ではなく肉体の機能を操作するから、相手の精神力に左右されない。極論を言えば、呼吸できなくしたり心臓を止めることも可能だ。気絶させる程度なら暗示は発動しない」

話を聞いているうちにマルチェロは寒気を覚えた。

ルシファードと仕事をする以前は、多少勘がいい程度の予知能力者くらいしか会ったことがない。

最低ランクのDクラスだった人間と比較して、一瞬で空間を移動したり瀕死の人間の肉体を元通りに治してしまう超Aクラスの力は、神の領域だと思う。

リンゼイの命を救ってもらったことでもあり、ルシファードの力をESP法で縛る必要のある悪だと考えたこともない。

だが、機能操作系精神感応者の話には恐怖を感じた。

脳の活動があって、人間は肉体を維持して行動し、自意識を持って考え誰かを愛する。それを第三者から自覚もなく操られるなど、可能性を考えるだけで自我が崩壊しそうだ。何より自分は安全な場所にいて、念じるだけで相手を殺せるというのは不公平だろう。

超能力者を皆殺しにしろと主張する連中は、マルチェロが感じたような恐怖と不快感に突き動かされているのかもしれない。

「――確かに〈ザ・ビースト〉を無力化するなら、その力は有効だと思う。で、その力を使える人間をバーミリオン星に連れてくる当てはあるのか?」

「ない。まずAクラスの超能力者が極めて少ない。ラフェール人のように大半が超能力を持つ種族なら、一箇所に固まって沢山いるけど、地球人の種族における超能力者の比率はとても低くて、しかも大半がDクラスだ」

「悪かったな、平々凡々な種族で」

嫌みを返した憲兵隊隊長に対し、先ラフェール人の先祖返りである男は少し驚いたように問い返す。

「逆だろ? 地球人ほど変異性の高い遺伝子を持つ種族はいないのに」

『突然変異が生まれやすいということか?』

ウンセット部長の質問には、ルシファードとやや離れた場所にある席からライラが答えた。

「移民初期の地球人は、改造も完全ではない各惑星の環境に合わせ、身体機能を多様に変化させました。その結果はご存じの通り、同じ地球人とは思えないほど外見の違う人々が多く存在します。他種族には、そこまで大きく変異したケースはありません。加えて他種族との婚姻により、混合種を生み出せる率も群を抜いて高い。地球人の遺伝子は必ずしも優性遺伝にはなりませんが、稀有な混成種を生み出す異種族婚のベースとして、万能性があるという研究結果も出ているくらいです。本来、AとBの種族のあいだで子供は生まれないのに、双方と地球人との混成種同士で婚姻した場合、そのあいだにAとBの種族的遺伝形質を持つ子供が生まれることは、よく知られています」

『ということは、つまりどういうことなんだ？』

話がそれていることもあり、ウンセット部長は混乱気味だった。

「ことほど左様に地球人の遺伝子は柔軟性があるんだよ。環境に合わせて遺伝子を変異させ、生存可能な状態に肉体を改造できるんだから問題ないわけ。個人差が大きくて、発現するかどうかすら不明な超能力を当てにするのは、博打のようなもんだ。融通の利かない種族は、環境不適応で淘汰される率も高い。生き残るために欠けている能力を補う必要に迫られて、肉体とは別の次元の力を呼び込んだんじゃないかと俺は思っている」

「なるほど、それが超能力か。――で、結論として、ムガルの念動力を封じられる精神感応者は見つけられそうにないんだな？」

「たぶん記憶を失う前のニコラルーンなら、可能だったんじゃないかと思う。だけど今は、能力があっても精神面が脆弱だから、脳の機能操作という行為に耐えられないだろうな。精神感応者は繊細だから、しばしば能力の発現が感情に左右される」

「……使えないなー」

落胆を隠さない憲兵隊隊長の漏らした本音に、ルシファードも同意のため息を吐く。

「まったくだ。本来は最新のマシンでメモリも充分あるのに、衝撃でデータが飛んだら三十年前のOSに戻っていたような感じだ。動くには動くけど、処理速度は遅いし古くて使い勝手が悪過ぎる」

「誰かさんみたいに熱暴走されるよりはマシなんじゃない?」

すぐコンピュータにたとえる親友に対し、ライラが茶々を入れた。

「いやいや熱暴走どころか、冷え切って機能停止状態だったんですけど。セキュリティの穴から極悪ウイルス入ってきたし、魔改造されかけるし」

「全然笑えないぞ。やめろアホタレ。――マーベリック少佐殿はあきらめるとして、ほかにできそうな知り合いはいないのか?」

「あと02」

「さすがにそれは無理でしょう」

ライラがあきれたように声を上げる。

腕組みをしたマルチェロもあきらめ顔で同意した。

「可能かどうかはともかく、手配レベル1の捕縛のために彼を呼んだら、色々な方面のメンツが潰れるから絶対だめだろうな」

『何をふざけたことを！　相手はこれだけの犠牲を出している凶悪犯だぞっ。野放しにしておけるか。メンツなんぞ、クソ喰らえ。どこの誰だか教えろ。彼がそいつの首に縄を付けて引きずってきてやる！』

熱血漢のウンセット部長が吠えた。

まったくもっともなことだが、個人が組織の仕組みに挑むのにも限界はある。

ルシファードの副官は、自分が現在使用しているパソコンの一角に映る部長に向かって、O2がどこの誰かを教えた。

「銀河連邦軍中央本部情報部部長オリビエ・オスカーシュタイン少将殿です。宇宙警察やバーミリオン星を管轄にするヴァンダイク方面軍総司令本部が、O2を呼び出す前になぜ自分たちに連絡しなかったと大騒ぎするでしょう」

『なんだ、ルシファードの父親か？　だったら話は早いだろうが。息子に頼まれて親父が手伝ったという話のどこが悪い』

「そういう個人的関係で済ませるには大物過ぎる。ルシファードは間違いなく強制除隊だし、ブレッチャー司令官殿も監督責任を問われるな」

『お前らの基地司令官なんぞどうでもいいが、ルシファードはまだ〈イヴル〉を片付ける仕事が残っているから困るぞ』

「ブレッチャー司令官殿には積極的にどうにかなって欲しいと思うが、ルシファードがいなくなるのは非常に困る」

ルシファードは堂々と述べられた部長と憲兵隊隊長の本音に笑う。

「いくら手配レベル1の凶悪犯でも、宇宙軍の要職を放り出す言い訳には使えねえな。O2を失脚させようと狙っている連中に、わざわざ格好の口実を与えることになる。それさえなければ、喜んでバーミリオン星まで来てくれるんだが」

「喜んで？　O2が積極的に動くような関わりでもあるのか？」

マルチェロの問いにO2の息子はうなずく。

「ああ。O2の本当に始末したいのは、地下宇宙船にいるアルジャハルだ」

「そうね。拉致されたあなたは救出できたけれど、あいつは捕まえられなかったんだから、O2が自分の手で片を付けたいと思うのは当然よね」

士官学校時代の誘拐事件を知る親友は納得した。

『それにしても、死んだことにされたおかげで指名手配の消えた奴が、どうしてこんな辺境惑星までやってくるんだ？　悪党同士〈イヴル〉の誰かと連絡を取り合っていたにせよ、宇宙港が一つしかない惑星で追い詰められる危険をなぜ犯す？』

「そこが謎だ。ラクロワ中佐殿が、連中にはまだ回収可能な資産が残っているのではないかと疑っていた。俺としても、アルジャハルがなぜバーミリオン星にいるのか、いまだにわかっていないことが気になる。物質転送装置と奴の専門は全然重ならないからな」

「物質転送装置に耐えられる人体の研究だろ？　基礎研究で流民街の住人を使った人体実験もしていたじゃないか」

「FRCから資金提供を受けたか、身を隠す手助けをしてもらう見返りで研究をしているんだろうと俺も思っていた。だけど、どこか……俺の知るあの変態野郎と完全に重ならない部分がある。それだけじゃない、何かがあるのかも――」

「お前だろ」

憲兵隊隊長から間髪をいれず指摘され、ルシファードがあまりの嫌悪に総毛立つのと同時にライラが吹き出した。

「ご、ごめんなさい……っ。笑い事じゃないのは、じゅ…充分わかっている……けど……っ」

「……今はね、それもあるだろーケド。でもあいつは、俺が着任する前からいただろ？」

「それをお前がここで考えても、わかるはずがないだろう。保留にしておけ」

何かを懸命にこらえているルシファードにマルチェロはぴしゃりと言い渡す。

アル＝ジャアファルの存在がわずかでもからむと、友人にらしくない屈託が生じるのを憲兵隊隊長は見抜いていた。

事情を知らないスノーリ・ウンセットも同意した。

『そうだな。我々がここであれこれ考えていても、想像でしかない。――ムガルの映像データはもらったから、都市警察の連中には手出しするなと厳重に言っておく。それからリニアカー内の乗客映像で奴を検出したらすぐ連絡する』

「ありがたい。助かるよ、親父。奴の行き先次第では、避難命令が必要かもしれないな」

『犯罪歴を見る限り、要人を狙うタイプの犯罪者でなかったのは幸いだ。もしも惑星大統領閣下を狙われたら、犬死に覚悟で都市警察全員が楯になるしかない』

仮定の話でも、マルチェロとライラに緊張が走る。

ルシファードだけがのんびりとテロ対策を口にした。

「いやいや。決死の覚悟で総動員する前に是非ご一報を。衛星のレーザー砲で狙ってみるし、だめなら無人戦闘機を飛ばして爆撃するから」

「それでもだめなら、一か八かでお前が行け」

「え～っっっ。俺、人を殺すのはいいけど殺されるのはヤダなぁ～」

「不変の真理ね。ただ、そこまで悪びれずに言われると殴りたくなるのは何故かしら」

都市警察の機動保安部部長は、若い軍人たちの親しげな軽口に破顔した。

根拠はなくとも、何とかなるという気持ちになってくる。

『その時は頼む。で、明日のパーティは本当にあるのか?』

「やるよ。もうマルチに会場は予約してもらったしな。楽しめる時には楽しもうぜ。ただし、このあとガーディアンたちに連絡するなら、心配させるようなことは何も言わないでくれ。プロジェクトは解散したんだ」

『わかった。すまん。それでは、明日会おう』

「ああ。また明日」

ライラたちも一言部長に別れを告げて、通信を切った。

ルシファードはパソコンを終了し、立ち上がりながら副官にわびる。

「仕事の邪魔をして悪かったな」

「私にも関係のある話だから気にしないで。どうせ、あとは明日提出すればいい書類にサインをするだけだったし。何かあったら、いつでも連絡を頂戴」

「了解」

ルシファードに促された憲兵隊隊長は、ライラに短く挨拶して、共に執務室を出る。

中隊長と大隊長たちが執務を行なう部屋は、本部ビルの一階に集められている。

三ヵ月に一度宇宙港か空港警備の担当が回ってくる中隊長たちは交代で執務室を使うため、私物を置くのも使用しているあいだしか許されない。

士官たちは仕事が終われば、すぐ食事に出るか自分の宿舎に戻っていく。

この時間は残業しているものしか、残っていないだろう。

士官用昇降口を出たところで、マルチェロが言った。

「ルシファード。少し聞きたいことがある」

「ん？　もう始まっている時間だから、士官食堂に行くか？」

「いや。他人に聞かれないほうがいいと思う」

「わかった。それじゃ、プロジェクト・ルームの休憩室だな。せっかく解放されたのに申し訳ないが」

本部ビルの外部から入るエレベータに向かって歩きながら、ルシファードは冗談めかした口調で言ったが、マルチェロは強張った表情でつぶやいた。

「解放どころか、お前……」

「そんな深刻な顔をしても状況は変わらないって。あちらの縄張りに入り込むことができない以上、監視は都市警察の交通課が頼みの綱だ。流民街から外に出たら、リニアカーの車内映像でムガルとすぐにわかる。行き先をインプットした搭載コンピュータであいつの行き先もわかるんだから、こちらも対処しやすい。何かあったら俺たちまで駆り出されるにせよ、都市警察とカーマイン基地との協力関係は望ましい形になっている。流民街での移動までは把握できないが、そこでどんな騒ぎを起こそうと俺たちの知ったことじゃねーし。そもそもムガルが来たことを除けば、俺たちの状況は同じだろ」

「ああ……まぁ、そうだな。仮に宇宙軍が地下宇宙船に強行突入するとしても、専門の調査チームを外部から派遣してもらうという話だった。だが、カーマイン基地が協力しないで済むとは思えない。それどころか、弾よけに使われる可能性がある。何しろ兵士のゴミ溜めだと思われているからな」

中央本部から地下宇宙船の制圧に派遣される精鋭部隊が、カーマイン基地の兵士を足手まといと考えるか、自分たちが攻撃する機会を作るための楯と考えるかは、指揮官の考え方次第だろう。

「うーん。不愉快な想像だけど現実にありそうな事態かもね。ブレッチャー司令官殿だと、上から命令されたらホイホイ基地の全権を譲り渡しそうだしなぁ」

「どうせ司令官殿は現場に送り込まれる恐れもない」

それを言うなら、憲兵隊が送り込まれる可能性も低い。

だが、憲兵隊隊長は基地の兵士が捨て駒にされる事態を想定して、今からかなり憂鬱(ゆううつ)な気分になっている。

法律を守れとルシファードに対し常に迫るだけあって、他人の不公平な扱いに心を痛める正義感の強い男だった。

「あんた、本当にいい奴だな。そんなことには絶対にならないから安心しろよ。俺は部下を犬死にさせる趣味はないって言っただろ。一発で全部チャラにしてやる」

「一発で全部チャラ？」

「文字通り、爆弾一発で全部吹き飛ばす。空間移動で爆弾を持って行き、向こうに爆弾を置いて戻ってくるだけだ。宇宙船内にいた連中が証拠隠滅を図ったということにすれば話は簡単。問題はそれだけ威力が強くてコンパクトな爆発物が、基地にあるか否かだ。ない場合は自作する必要があるから、武器庫の在庫を調べておかないと。惑星軍から没収した兵器に適当なのがあると――あれ？　どうした？」

途中から、一人で楽しい工作計画に没頭していた男は、一緒に歩いていたはずの友人の姿がないことに気づき、ようやく足を止めて振り返る。

衝撃を受け呆然とその場に立ち尽くしていた男は、まだそれが醒(さ)めやらぬ面持(おもも)ちで言った。

「……お前、今までの努力をそんなに簡単に……」

「物質転送装置さえ入手をあきらめれば済む話だろ？　Ｏ２はいざとなったら、俺の判断で破壊してもいいと言ったんだ。死んだはずのムガルの参戦はＯ２も予想外だろうが、ひょっとしたら強制突入に基地の兵士が利用される事態は、想定していたのかもな。情報部部長殿は、性格激悪な軍のクズたちを山ほど見てきたはずだし」

「……それなら、その一発を今すぐやらないか？　ラークシャス・ムガルは早く始末したほうがいいと思う」

友人に追いついたマルチェロは声を潜め、暗い表情で思いついたばかりの作戦を提案する。

ルシファードが何度かハッキングで垣間見た地下宇宙船内には〈イヴル〉の構成員と思われる人間が多くいた。

程度の差こそあれ全員悪党ではあるが、ムガルやアル＝ジャアファルたちと一緒に吹き飛ばしていいかどうかは、多少議論の余地がある。

その犠牲に目をつぶるというのは、カーマイン基地の兵士を弾よけにするという考え方と根本的には変わらない。

その点に気づかない憲兵隊隊長ではないが、それでも一瞬で片付くという魅力的な話にかなり惑わされている。

「確かに〈イヴル〉が証拠隠滅を図ったことにできるし、凄く魅力的な案だが、簡単に片付くなら最後の手段にしておきたいんだ。金属生命体が利用できるように作られたコンピュータをもっとよく調べれば、あの宇宙船がどこから送り出されたのかわかるかもしれない。外宇宙探査計画が実現した暁には、その惑星を訪れて物質転送装置を入手できる可能性も残る」

「先を読むのもいいが、悪党を野放しにした結果、何か事件が起こったらどうする」

「その時は俺が責任を持って始末するよ。どうせ爆弾を作って地下宇宙船を吹き飛ばすのも、ムガルと戦って殺すのも、俺がやる巡り合わせなんだろう」

あきらめのにじんだ声音で言いながら、ルシファードはたどりついた搬入用エレベータを操作して乗り込む。

あとに続いたマルチェロは、パネルで階数を指定する男の背中に声をかけた。

「……すまん。結局、全部お前に背負わせているな。お前が倒れた時、あんなに反省したのに――」

「そうは言っても、やれるのは俺しかいないんだ。できる奴がやるのは当然だろ。ただ〈ザ・ビースト〉は俺じゃなくて、親父に担当してもらいたかったなー。明らかに俺と相性の悪い相手だから、まともに戦ったらマジで結果がどうなるか……。骨折した腕を麻酔なしで引きちぎられそうになる経験は、一度で充分だ」

「俺なら一度だってごめんだ」

「本当だよ。ニコルだったらショック死するところだ」

ラフェール人でなくとも耐えられる限界を超えている。

二階に到着した二人は、人気のまったくない廊下に歩を踏み出す。

プロジェクト・ルームに到着するのを待たず、マルチェロは口火を切った。

「ルシファード。お前、隠していることがあるだろう？」

「色々あるけど具体的にナニ？」

「色々あるのかっ！　全部言え、全部っ！」

「ヤダよ、面倒臭ぇ。親しき仲にも秘密ありって言うじゃん」

「言うかっっっ！　お前のことだ。どうせ遵法(じゅんぽう)精神にかけた後ろ暗い行為の数々だろう！」

「それもあるが、プライベートとかね。何しろ、ご覧の通り生まれも育ちも平凡と百八十度異なる人生なので、語り始めると物凄く時間がかかるわけ。しかも説明が必要な特殊な単語や概念も出てくるから脱線しまくり。きりがないから、今がすべてです……と言いたいところだけど、バーミリオン星に来てから過去がどんどん押し寄せてくるんだよなー。マルチの聞きたいのは、どのへん?」

ルシファードがウンセット部長に語らなかった事実を知るマルチェロは、その理由をあれこれと考えていた。

だが、今の友人の言葉の中におそらく答えがあるのだと気づき、拍子抜けする。

ライラを交えた話し合いでも、ESP法についての説明など話題が脱線して長引いていたのも確かだった。

「ムガルが六芒人をベースにしたデザイナー・チャイルドで、作ったのがアル＝ジャアファルだそうだが、本当か?」

「ああ、マコから聞いたのか。マコがムガルを六芒人だと間違えたとわびたから、間違えたのも無理はないと思って話したんだ。ウンセットの親父にそこまで教える必要はないから、あえて言わなかったんだが、なぜ話題にしないのか、ずっと気にしていたのか?」

「まぁ、そういうことだ……」

不審に思ったら何でも追及する憲兵隊隊長は肯定する。

ルシファードは、現在自分一人が使うプロジェクト・チームの扉を開けて中に入った。

マルチェロは友人に示された休憩所のソファに腰を下ろし、ルシファードは座らず飲料ディスペンサーに向かう。

パネルに触れて、コーヒーを二つ注文する。

「そのあたりは手配資料のデータにない話だ。俺というより親父のプライバシーにかかわる話だから、ウンセット部長にまで言いたくなかったんだよ」

「そうだな。O2が誰か、その説明から必要だったくらいだ」

「親父の親父つまり俺の祖父は、とある学都の学長だった。俺の生まれるかなり以前に亡くなっているから、俺は顔どころか名前さえ知らない」

「ずいぶん薄情だな。O2は親と折り合いが悪かったのか？」

「さあ？　ガキの俺がO2と一緒に暮らしていた時間は短かったし、子供相手に言っても仕方ない話はあるだろう。ただ、あまりいい記憶はなかったんじゃないかな。アルジャハルのあだ名の〈教授〉は、その学都で教授をしていたことからついている」

「それは……っ！　またずいぶんな偶然だな」

口笛を吹いて驚きを表した憲兵隊隊長は、礼を言って差し出されたコーヒーのカップを受け取る。

黒髪の大尉は、立ったままコーヒーを一口飲んで続けた。

「当時、デザイナー・チャイルドの研究はグレー・ゾーンで、盛んに研究されていた。あの男の研究テーマは『超人の創造』だった。肉体のベースを六芒人にしたのは理解できる」

「超人か……。心身ともに強靱で戦闘能力も高い六芒人に超A級の念動力が加われば、確かに無敵かもな」

「いかにグレー・ゾーンでも、守らなければならないルールはある。それをことごとく破ったから、奴は学都を追われた。本来、処分するべきラークシャス・ムガルを連れて逃亡したというほうが正しい」

「処分？　デザイナー・チャイルドだとしても、生まれてきたら普通の赤ん坊だろう。処分という言葉は感心しないな」

「臓器移植のためにクローニングされた人間には、人権がないと言われていた時代もあったんだ。遺伝子を操作し、人工子宮で造り出された人間に問題が生じた場合、それを処分することを殺人として立件されたら、研究が進まないという主張も一理ある」

「……そんなことを言うから、遺伝子研究の臨床が病気の治療に限定されたんだ」

憲兵隊隊長は、人間なのに失敗作だから処分するという研究者の感覚に嫌悪感を抱く。

「アルジャハルが学都を追放される直接のきっかけは、まだ子供だったO2を研究材料にしようとした事件だ。ESP法第一次措置を受けていなければ、殺せたのにとO2が言っていたから、あの野郎はO2が第一次措置を受けるのを待っていたんだろう」

「親子二代で狙われたのか！　というか、アル＝ジャアファルは何歳なんだ？」

「記録が正しければ二百七十歳。混合種（ハイブリッド）なので寿命は不明だ」

「……ひょっとして、お前を誘拐したのも最初から狙っていたのか？」

「たぶん。Ｏ２はもう手を出せないから、息子の俺を調べてみようと考えたんだろう。だが、もはや学都にいた当時の奴ではなく、狂った変態科学者もどきになり果てていた。ムガルがあんな男でも父親だと思って守りにきたのか、それとも利害関係で行動しているのか、本人に聞いてみないとわからないが、Ｏ２に対してライバル心を持っているのは明白だ」

「ライバル心？　父親の関心を巡ってか？」

言いようのない気持ちの悪さを感じて、マルチェロは顔を歪めた。

「宇宙港で戦った時『どっちが理想に近いか、親父の代わりに息子と戦って決めるのも面白いな』と言われた。理想というのは、アルジャハルのクソ野郎の研究テーマ『超人の創造』の超人だろう。俺の知ったことかっての！　スゲー迷惑っ」

憤然とし、心の底から迷惑だと言い捨てるルシファードの気持ちはよくわかる。

「とんだ人間に目を付けられたな。恐ろしいばかりの妄執だ」

「仕事に支障がなければ、親父だって喜んで連中を抹殺しにくるさ。だけどアルジャハルを殺す権利は俺にある」

「気をつけろ。奴はムガルを使ってお前を捕まえるつもりかもしれないぞ」

「それも考えたが、俺は仕事があるから基地を動かないだろ？　だからといって連中が、俺を捕まえようと基地に乗り込んでくると思うか？　いくらムガルでも、俺と戦いながら基地の全火力まで相手にはできないぞ。奴は俺と違って治癒能力を持っていない。多勢に無勢で、いつかは潰される。いかに強くても、個人が多数を相手にする不利がわからないなら、奴は今日まで生き延びていなかった」

「堂々巡りだな……」

　マルチェロは考え込む。やはりラークシャス・ムガルがバーミリオン星に来た理由は謎のままだった。

「聞きたいのはそれだけか？」

「一応、今のところは」

「だったら、士官食堂で一緒に夕飯を喰おう。ライラの仕事が上がる時間に合わせて、三人でどうだ？」

「異存はない。――そう言えば、マコト・ミツガシラが何か見落としている気がして、ずっと気になってしようがないと言っていたが、心当たりはあるか？」

「いや全然。宇宙港での騒ぎは、ガーディアンたちに絶対に言うなと口止めはしたんだが」

　それを知られたら基地に残ると言い出して、都市警察に連れ帰らねばならないウンセット部長を困らせそうだ。

「微妙だな。ミツガシラ少尉はお前の言いつけを忠実に守るだろうが、ネットの申し子みたいな電脳刑事たちだ。基地のネットワークから嗅ぎつけそうだ」

「変な未練を持たせないように、明日は充分楽しませてお帰り願うか」

「俺も流民街の連中のことは考えず、当面は目の前の仕事に専念する」

ルシファードもマルチェロの方針に同意した。

せっかく一段落ついたと思ったのだから、しばらく平穏な日々を楽しみたかった。

3

アリオーニ大尉が解散するプロジェクト・チームの慰労会会場として選んだ店は、娯楽エリアの外縁部近くにあり、住宅エリアに隣接している場所にあった。

一階こそ洒落(しゃれ)た喫茶店やレストラン、女性向け雑貨を売る店舗などが入っているものの、平凡な箱型の白い外観から判断する限りでは、中規模以下の事務所が入居する貸しビルにしか見えない。

正面入り口を入ると意外にエントランス・ホールが広く、赤い絨毯が伸びた奥にホテルのフロントと雰囲気の似た案内所がある。

案内嬢から説明を受けていた先客が、背後の気配に気づいて振り返り、あでやかな笑みと共に言った。

「良かった、私が最後じゃなくて。会場は三階だそうよ。一緒に行きましょう」

ドミニク・バンカーに促され、あわてて足早について行くのは、少し息を弾ませたライラ・キムとメリッサ・ラングレーだった。

三人はちょうど一階に待機していたエレベータに乗り込む。

「ありがとうございます。——待ち合わせした喫茶店で話が弾んでしまって……」

「移動時間の見積もりも少し甘かったようです」

ライラとメリッサが軽く肩をすくめ、到着が遅れた理由を苦笑混じりに話すと、口紅と同じオレンジ色の眼帯で左目を隠した需品科の指揮官も軽くうなずく。

「ここは車道から離れているのよね。——私は仕事。こういう時に限って問題が起きるのだから参るわ。一時は遅刻も覚悟したけど、ルシファが制服参加にしたお陰で、なんとか間に合いそう」

本音を言えば、ハンサムな殿方が多く集まる内輪の会なら、私服でオシャレをしたいのが女心だった。

だが、日常と異なる姿で各自が行動すれば目立つ。

ルシファードの個人的な食事会ですら、帰路を狙って狙撃されそうになる事件が、先日起こったばかりなので、対イヴルの重要メンバーが集まる会場を敵に襲撃される危険は冒せない。

銀色の金属板を貼ったエレベータ内部で、彼女たちは鏡面仕上げを施した壁に映る自分の姿を素早く確認する。

髪型や制服のシワ、襟の角度やネクタイの歪みなど、気にするほどの乱れはない。

金属板の上には、白く細い線でデザイン化された植物の華やかな模様が描かれている。

曲線を多用したそれは、乗客の姿を優美に縁取り、心を浮き立たせた。

女性客を魅力的に引き立たせる店側の配慮に満足して、三人は三階のフロアで降りた。

三十人ほどで立食パーティのできるスペースということで用意されたのは、ゆるやかなカーブを描く天井のパネルから、オレンジ色を帯びた光が降り注ぐ温かな雰囲気の部屋だった。

極秘プロジェクトの責任者として、乾杯の発声を頼まれたアンリ・ラクロワ中佐が、シャンパン・グラスを片手に掲げて演壇に立つ。

憲兵隊や都市警察のガーディアンまで加わった異色の顔触れが、そろって自分を見上げる光景を目にし、基地の副司令官はたまらなく愉快な心持ちになる。

わずか二ヵ月半前まで、基地でこんなメンバーが集まる会が開かれるなど、想像もできなかった。

風紀が乱れ、すさんだ基地から暴力犯罪を一掃したあと、基地は無気力で怠惰な雰囲気に包まれていた。

活気があるのは娯楽を提供する場所だけ。個人の趣味に没頭したり、刹那的で享楽的な兵士ばかりが目立った。

おのれの持てる能力を発揮し、多くのものたちと一致団結して敵を殲滅（せんめつ）する。

カーマイン基地は、本来あるべき姿をようやく取り戻した。

そのもととなった一つのプロジェクトが終了し、各所から集められた優秀なものたちが解散する。

非常に寂しく、惜しいと思うものの、彼らはこの経験からさらに成長していくだろう。

銀河連邦宇宙軍の最低最悪な任地と言われるこのカーマイン基地でも、若者の成長の場になれたことが嬉しい。

「優秀な諸君の成し遂げたことを誇りに思う。残念ながら危険はまだ去ったわけではないが、一人の犠牲者も出すことなく、困難な使命を果たせて何よりだ。諸君の今後の活躍と長く続く交流を信じて――乾杯」

「乾杯！」

全員が笑顔でグラスを掲げ、唱和する。

部屋の中央の大テーブルにさまざまな料理の皿が並べられているほか、オードブル、飲み物などを載せた丸テーブルも適当な間隔を空けて置かれていた。

長い髪を編み込みで一つに束ねたルシファードが、隣でグラスを傾けるマルチェロに問いかけた。

「前に聞いた印象だと、女性好みの洒落たレストランみたいな話だったけど？」

「ああ、俺もレストランを借り切るつもりだったんだが、先日の狙撃騒ぎがお前を狙ったものだと、ジャグモハンの耳にも入っていたんだ。そういうことなら、安全対策を強化してあるこの多目的ホールが一番だと薦められた。分室の撤収を見届けた憲兵隊の部下たちも、ここなら立ち寄りやすかったし、いい選択だったな」

「俺もそう思った。ウンセット部長を分室に案内して、ガーディアンたちと一緒に来たから、短い距離の移動で済んだ。住宅エリアに近いせいか、手堅い感じの店が多いし」

「家族持ちがこの周辺の客層だから、昔から治安はいいぞ。ジャグモハンもそこを狙って買い取ったビルを改造したそうだ」

マルチェロの説明にルシファードは納得する。

「それでか。よく言えば周囲と調和した、いたって平凡な外観に反して、中は細部まで女性好みに凝っているから、極端にバランスの悪い設備投資だなと思った。最初から建設に関わっていたら、目立たない部分だけでも凝って雰囲気を統一するものだろ？」

「逆なら失望を買うが、嬉しい意外性も女ウケするからなぁ」

「でも、凝っているように見せて、合理的に経費削減していますよ。最新式の設備なのでお金はかかっていますが、費用対効果はとても大きいと思います」

二人は、カクテルやジュースのグラスが置かれたテーブルの側に立っていた。

乾杯のシャンパンのあと、ジュースを取りに来たパトリック・ラッセルが、二人の会話を漏れ聞いて口をはさむ。

「初期投資は大きいものの、合理的な経費削減になるということか？」

「はい。このテーブル・クロスは本来すべて無地の特殊繊維で作られています。クリーニング終了時に任意の色や柄をプロジェクターなどで拡大照射すると、繊維の表面の皮膜にその色が定着するんです。なので、どんな室内にも合う色や柄のクロスを、その都度必要な枚数を用意できるということです。クリーニングに使う溶剤に含まれた成分で、リセットされます」

パトリックの説明に二人はクロスを眺めながら感心する。

「余分な在庫を持つ必要もなく、臨機応変に対処できるな」

「壁も表面の素材感を変化させる特殊パネルを貼って、裏から色彩や模様を投影する仕組みになっていると思います。コンピュータから指示を出すだけで内装を一変させられるのは、かなりの経費削減になりますよね？」

「どの程度耐久性があるのかにもよるが、客の要望に合わせてどんな雰囲気の部屋も提供できるというのは、かなり店の強みになるだろう。全部の施設の稼働率も上がる」

憲兵隊隊長の同意に気をよくして、パトリックは自分の知るアイテムをもう一つ披露した。

「ここのテーブルに使われているのかどうか、この状態からわかりませんけど、形状記憶樹脂で作られたテーブル・セットというのもありますよ。体積を変えることはできませんが、内蔵コンピュータの指示でフォルムや色を変えます。クッション性に難があるので、座り心地のいい椅子を用意できないのが欠点だそうです」

「変化していく途中を考えたら、何となく気持ち悪いかも」

つぶやくルシファードの横でマルチェロが尋ねる。

「変わったことを知っているな。実家が飲食店か何かか？」

「いいえ。そういうワケじゃなくて……各業界特有の情報が面白いだけの——単なる個人的な興味ですね。ネットの有料番組で、業界情報番組というのがあるんですけど、自分には面白いものですから……その……」

調子に乗って語りすぎたと思ったらしく、しどろもどろになる部下にルシファードが言う。

「特殊な業界という話なら、都市警察も面白そうだぞ。各課によって犯罪の種類まで変わるんだ。ウンセット部長は世話焼きだから、お前が興味を持っていることを話しておけば、色々案内つきで教えてくれるだろう。自分の仕事に関心を持たれて嫌な奴はいない。ガーディアンの仕事を手伝う合間に、好きなだけ好奇心を満足させてこい」

「はい……！　ありがとうございます」

上官のアドバイスに礼を述べ、ジュースを手に離れていくパトリックの背中を見送り、マルチェロが首をかしげた。

「あのクルクル巻き毛、まともに話すとああいう感じだったのか。あの気色の悪いキャラは、一体なんのために作っていたんだ？」

「さあな。あいつなりの処世術だったんだろ。キャラというか擬態というか、そんなニーズのある環境というのが俺には理解できねー」

「尊敬はされないが、敵は作らないかもな。同じ変わり者でも、お前よりは遥かに周囲と摩擦を起こさず済みそうだ」

「俺だって好きで摩擦を起こしてねーぞ。ちゃんと努力しているのに、どうしてか――」

「ナニ言ってやがるっ。始終やりたい放題しているのは、どこのどいつだっっっ」

憲兵隊隊長の悲痛な抗議にそばで吹き出したものがいる。

「日頃補佐する側の苦労が、如実にわかるような血の叫びだこと」

「あ、D。今日の眼帯の色は華やかで綺麗ですね」

「とんでもない。会場の色と丸かぶりで、全然冴えないじゃないの。赤や黒だとあなたたちは怖がるから、陽気になる色を選んだつもりだったのに」

「別に色で怖いわけじゃ……もごもご。ちょっと、リンジーのところに行ってくるから、またな――」

憲兵隊隊長はじりじりとあとずさりつつ、その場を離れた。

ルシファードがさり気なく差し出すカクテル・グラスを受け取り、ドミニクは片頬を皮肉な笑いで歪める。

「男の友情より婚約者が大事とは、基地で一、二を争うプレイボーイも地に落ちたわね。ライバルのワルター・シュミットも意外な方向に向かっているようだし、これからご飯時は寂しくなるんじゃない？」

「俺ですか？　別に一人飯は苦になりませんよ。それにライラが、一人になった俺の行動を監視する必要があると判断したら連絡してくるでしょう。さすが早耳ですね。マルチの婚約は俺と憲兵隊内しか知らない情報だと思っていました」

「女連れで、宝石店で高い指輪を購入する姿を目撃したら、誤解のしようもないでしょう？」

「なるほど」

「女性の噂話ネットワークの中でも、特にハンサムな殿方については早いわよ～。──宇宙港で大変な目に遭ったそうね。プロジェクト・チームを解散して、本当に大丈夫なの？」

ドミニクは途中から声をひそめた。

「こちらから手の出せない場所に逃げ込まれました。都市警察に監視を頼みましたので、今のところはそれで充分でしょう。とりあえず至急対処すべき懸念材料はなくなりました。基地内で各自が身を守ることに専念する時期だと思います」

「いつまで警戒しないといけないの？」

「こちらの報告書を受け取った中央本部が、この問題をどう処理するのか、その結論待ちですね。動き出せば早いと思いますよ」

その報告書がいつ届くか、もしかしたら届かない可能性もあるという話はしない。

状況次第ではルシファードの一存で対処することになるが、それもドミニクに告げる必要のない話だった。

隻眼の女性将校は口を開いて何かを言いかけ、視線を泳がせて言葉をためらう。

「――ブラッディ・レス、という女。あれから見かけた？」

「うわぁ、物凄く聞きたくない名前をいきなり言われてしまいました。……幸いなことに一度も見ていません。橋を落とした川から、それらしき女の死体が上がったというニュースは聞いていないので、残念ながらたぶん生きているでしょう。流民街の地下宇宙船は時々、ハッキングして内部をのぞいていましたが、先方も警戒するようになって、のぞけない部分が増えています。それにレスが別の場所を根城にしていたら、見かけないのも当然ですし。確実なことを何も言えなくて、すみません」

「いえ……いいの、ごめんなさい。その女を殺したいから、あなたのプロジェクトに参加させろとごねたのに、うやむやにしたままだと思っただけだから」

歯切れの悪い彼女の言い方に違和感を抱く。

何か別の話をしたかったのではないかと思ったが、この場で口にしにくい内容かもしれないので、指摘するのはやめる。

「俺としては、あなたにあの危険な女と関わって欲しくないので、うやむやにしてくださるのは大いに結構です」

「ブライアンと別れる決心をしたら、一気に気持ちの整理がついて冷静になったの。あなたには理不尽なお願いをしたわ」

「女性の理不尽には慣れていますから、お気になさらず。それに乏しい戦力の中、強襲作戦でのご協力は、ありがたいと思いました。社交辞令ではありません。——これで、バンカー中佐殿から八つ当たりされなければ、最高なのですが」

「何をしても元通りにはならないと、彼も納得しているから、今更そんなみっともない真似はしないわよ」

「俺が中佐殿を病院送りにした時は、関係を修復する気でしたよね？　入院中に険悪な喧嘩でもなさったのですか？」

単刀直入に尋ねるのにも程がある。悪気はないが遠慮もないルシファードの質問に対し、ドミニクは苦笑した。

「変化を嫌う臆病さを未練だと勘違いしていただけ。気づいてしまえば、あっけないものよ。現在が魅力的に思えないのは、今日までの自分の生き方が原因なのに、二人とも記憶の中にある昔の輝きばかり見ていたのね。関係のないあなたを巻き込んで出した結論が、惰性でしかない関係はお互いのためにならないという、ありきたりのものだったなんて。あなたとライラには本当に申し訳ないことをしたわ。大いに反省している」

「二人とも、とおっしゃるのはDの主観であって、バンカー中佐殿は別の見方をされると思いますよ。間男の俺はともかく、俺の副官にまで愚劣な八つ当たりをした程度には、今も輝く魅力的な妻を手放したくなかったのですから」

「あの人の主観も間違っていたわよ。憂さ晴らしに私が需品科で何をしていたか、あなただってよく知っているでしょう？　それこそ愚劣な八つ当たりだわ。被害はブライアンの比ではないし、よく憲兵隊が私を逮捕しに来ないものだと今でも思っているけど」

堂々と罪を逃れる気はないと宣言する彼女の潔さにルシファードは感心する。

「きゃー、少佐殿カッコイイ素敵惚れる漢らしいー。ヘナチョコ弱虫な男どもが、少佐殿をセクハラで訴えるワケありませんて。確かに感心できない行為を集団でしていたことは否めませんが、ある意味輝いていましたよー。俺、一目で魅了されましたもん」

「ガーターベルトによろめいただけでしょ」

「それ込みです。そもそも、蹴られてソファを投げつけられて剣先で突かれて、それでも少佐殿の誘いを拒絶しなかったのですから、かなりのハマり具合ですね。ちなみに言っておきますが、俺マゾじゃありません」

一目見た時、とっても怖かったとは言わない。考えなしとライラに始終ののしられているルシファードでも、女性に言ったらあとが怖い言葉は、長年の経験で知っている。

ドミニクは艶然と微笑む。

「あなたほどの男にそう言ってもらえるのは嬉しいわ」

「中佐殿がカーマイン基地に左遷された理由は同情致しますが、妻であり副官だったDも立場は同じです。これからも一緒にいてくれと、一言言いさえすれば良かったのに」

「……客観的に言うと最低ね。ダメ夫に甘いバカ女房だと思っていたでしょ？」

「あなたほどの女性が愛した方ですから、かつては優れた軍人だったのでしょう。この基地でその輝きが失われたのは、宇宙軍にとっても非常に残念なことです」

左遷されて輝きを失うどころか、周囲まで明るく照らす男は口調を改めて本気で言った。

過去までは相手をおとしめないルシファードの優しさに、ドミニクの右目が潤む。

「あの人は戦艦が大好きだったの。自分の艦を奪われたことが一番こたえていた」

「歴戦の戦艦乗りには、そういう軍人が多くいます。艦を降ろされて心を病むものもいるそうですから、あなたが中佐殿の仕打ちをある程度の期間、大目に見たのは理解できます」

「ありがとう。あなたには、本当に迷惑をかけたわ」

「不本意ながら女性にかけられる迷惑にも慣れているので、あまり気になさらないで下さい。それに人妻と不埒(ふらち)な関係に陥った事実に対し、相応の代償を支払う覚悟はありました。――簡単に言うと、罪悪感は最初から持っていませんが、面倒なコトになる予想はしていました。それを承知で応じた以上、自己責任だと思っています」

「前にも言ったと思うけれど、あなたは女に甘すぎるわ」

割り切った男のお人好しを越えて、おバカさんなセリフにドミニクはあきれる。

「一応許せる理不尽の範囲は、相手によって変えています。あなたの上はライラしかいませんが、互恵関係のライラは特別枠なので、実質あなたに対して一番寛大なつもりです」

「あらあら、そんな嬉しがらせを言って。私に増長されて困るのはあなたよ。ガーターベルトの威力は絶大ね」

年上の女性士官は、皮肉めかした口調でからかう。

ルシファードは楽しげに笑って言った。

「それを含めて、あなたは全部素敵です」

「……ライラから、男たらしだと聞いていたけれど、無邪気に笑って女もたらすのね。なんて恐ろしい子」

「……はい？　今、さらっと物凄く嫌なことを言いませんでしたか？」

「お腹が空いているところにお酒を飲んだのが、まずかったのかも。何か食べて落ち着かないと。――また、あとでね」

動揺したようすでぶつぶつ独り言を言っていたドミニクは、短く別れを告げて中央のテーブルへと去っていった。

テーブルの反対側では、ガーディアン・ブルーとピンク、ウンセット部長が料理を山のように盛った皿を手にして、ガーディアン・レッドに何かを言っている。

いつも食が細い水麗人に対し、野菜だけでなく海鮮料理など食べられるものは他にもあるのだから、もっと皿に取れと勧めているらしい。

好き嫌いの多いガーディアンたちの監督は、保護者の部長に任せる。

パトリックとヘインズ軍曹を孤立させないように気を配ってくれとマコトには命じてあったが、三人が皿の料理を食べながら談笑しているようすを見て安堵した。

マコト・ミツガシラは本来真っ直ぐな気性で、心にもない愛想を振りまく人間ではないが、美味しい食事は人を和やかな気持ちにしてくれる。

パトリックが自然な態度で他者と接するようになり、マコトも話しやすくなったのだろう。

都市警察だけでなく、憲兵隊の面々も身内で固まっている。

取りあえず満腹になった頃、社交性のある人間が身内の集団から離れて交流を始めると思うので、今のところは放置しておく。

――他には……。

「ルシファード」

背後からニコラルーン・マーベリックに声をかけられた。

顧みると、中央本部所属を示す緑の軍服を着たラフェール人の隣に、探そうと思っていたグラディウス・ベル軍曹もいる。

いつも都市迷彩の戦闘服姿でいることの多い彼女だが、今日は指定した通り下士官の制服を着ていた。

女性下士官の制服は、ライラたち士官のそれより上着の丈が短く、スリットの入ったタイト・スカートも膝が出る長さになっている。

その姿は凛々しく、活動的な印象だった。

士官の長いタイト・スカートは、活動が制限される分だけ女性的で優雅に見える。

純粋な六芒人と変わらない容姿のグラディウスは長身で肩幅も広く、女性ながらたくましいと言っても過言ではない体型をしていた。

そんな彼女が、女性下士官の制服は似合わないかというと、そんなことはないとルシファードは思う。

グラディウスはウエストが細い。男なら逆三角形の体型になるが、女性の彼女は腰が大きく張っているので、肩幅がいかに広くても全身は優美で女性的なラインを描いている。

グラディウス・ベル軍曹は、低いヒールのかかとを鳴らして上官に敬礼した。

「本来ならば資格のない私まで慰労会にお招き頂き、ありがとうございます、中隊長殿」

「資格なら充分ある。中隊のほかの連中を今回外したのは、狂乱の飲み会になるからだ。勉強の息抜きに楽しんでいけ」

「肩の凝らない狂乱の飲み会も楽しいだろうけど、こういう雰囲気に今から慣れておいたほうがいいよ」

彼女の自宅からずっとエスコートしてきたラフェール人が、優しい口調で言い添える。

「む、無理です。こんな静かで高級なパーティ……副司令官殿までいらっしゃる中で、アタシなんて場違いって言うか……緊張して食べ物が喉を通りません……っ」

「都市警察の若い連中を見ろ。うまいうまいと、モリモリ食べているだろうが。気取ったり遠慮したりするほうが損だぞ。お前は慰労されるに値する働きをした。みんな知っている。場違いだなどと誰も思わない」

「あの……アタシ、マーベリック少佐殿にウイッグを買って頂いたんですけど……変じゃありませんか？」

「それを気にしていたのか。全然違和感はないぞ。あえて指摘するのも女性に対して失礼だから黙っていたが、そうやって制服姿で長い髪を結ばずにいると、いい女度三割増しだな」

上官の率直な感想を聞いて、グラディウスは両頬に手を当てて恥じらう。

「ええ～、ホントですかぁ？　やだ、嬉し～っっっ」

「せっかくだから、髪が伸びたあとも使えるように地毛と違う色を勧めたんだ。試着したら青やピンクなんて、とても似合って可愛かった。パーティやデートでは、オシャレに冒険するのもアリだよって言ったんだけどね。いつも訓練の邪魔にならないように短くしているから、長いだけで新鮮だって――」

買い物に付き合ったニコラルーンが、金髪の長いウイッグに決まった経緯を説明する。

「俺は、褐色(かっしょく)の肌に金髪の組み合わせが一番ゴージャスに見えるが」

「ありがとうございますぅ～。アタシ、がさつだし体が大きいから、女らしい格好は全然似合わないって母さん――いえ、母に子供の頃から言われていたんです。たまには伸ばしてみようかなって時々思っても、結べるようになるまで我慢できなくて。でも大尉殿のストレートな長い黒髪が、サラサラツヤツヤで、もっのすごく綺麗で……っ！　憧れていましたぁ」

「無精で伸ばす男の長髪に憧れるって、どうなの？」

ラフェール人が、盛り上がるグラディウスに笑顔で突っ込みを入れる。

マリリアード王子が長髪だった理由を知る彼は、よく似たルシファードが軍隊では常識外れの長髪にしている理由も見当がついていた。

「がさつで女らしくない？　お前の母親は娘のどこを見ているんだ。お前の乙女度、相当高いぞ。酔うと乙女の妄想ダダ漏れするし。それを聞いていると、戦闘力の高い優秀な軍曹もまだ十代の少女なんだなと、しみじみ思ったよ」

「乙女の青春かぁ。甘酸(あまず)っぱいねえ」

「ニコル。現在の記憶は二十代に後退しているはずなのに、どうして言い方がそんなに親父臭いんだ？　感性は五十代か？」

「このロマンチックな言い方のどこが親父臭いんだよ！」

「そういう単語を使うセンスが親父だ」

二人が愚にもつかないことを言い争っているところに近づいてきたライラとメリッサが、グラディウスの姿を見て歓声を上げる。

「やだ！　グラディ、すっごくカワイイ！」

「ホント、とってもチャーミング」

「え？　そ、そうですか？」

「うん。戦闘服姿を見慣れているから、余計に新鮮。絶対絶対カワイイから、仕事が終わったら制服に着替えるか、私服でスカートをはきなさいよ」

「あ、や、でもアタシ、スカートの私服、持ってないんです」

「あら、もったいない。こんなにスタイルいいのに」

「スタイルよくなんかないですよ。男並みに肩幅広いし、腕も筋肉ついて太いし」

「なぁに言ってんのぉ！　ボンキュッボーンのダイナマイト・ボディが」

「今度私たちと一緒にお買い物に行きましょう。似合う服を選んであげる」

「行こ行こ！　退院のお祝いがまだだったから、服とアクセサリーをプレゼントするわ」

「靴もね。帰りに新しくできたあのスイーツ店に寄りましょ」

「んー、完璧な計画っ。ちょうど開店当初の行列も一段落ついた頃だから、行くなら今ね！チョコレート専門店のパフェとアイスとケーキのセットなんだけど、フルーツと生クリームもたっぷりで、単品で注文するより超お得なの」

「あーん、やだやだ、聞くだけで美味しそう！　チョコレート大好きです」

炸裂する女子のマシンガン・トーク。男が参加できる隙間は一ミリもない。

料理の皿を手にしたライラは、グラディウスが何も持っていないことにふと気づく。

「なぁに？　もしかして、まだ料理を取っていないの？」

「はい。こーゆー大人な雰囲気のパーティが初めてで、緊張しちゃって……」

「だめよ〜。早く取らないと美味しい料理からなくなっちゃうわよ！　一緒にテーブルを回ってあげるから、こっちに来なさい」

ライラは不慣れな部下の片手を取ると、有無を言わせず中央テーブルの取り皿がある方向に引っ張っていく。

唖然として見送るニコラルーンの背中をルシファードの大きな手が押す。

「ほれ、ナイト役。頑張ってついて行け」

「う、うん。私もお腹が減ったから、ちょうど良かった」

意味不明の言い訳をしながら、ラフェール人は二人のあとを追っていった。

友人のあとに続かず、残ったメリッサがルシファードを見上げる。

「ずいぶん綺麗な編み込みねぇ」

「髪か？　憲兵隊のコールドマン中尉にしてもらった」

「あなたの髪質、サラサラだから少しかがんだだけで前に落ちてくるものね。それにしても太さが均等でそろっていて、本当に綺麗。かなりのテクニックよ」

「そうなのか？　俺には見えないんだけど、ライラに編まれるよりいいな。あいつ、力を入れてきつく編むから、あちこち引っ張られて痛いったらない」

「ライラは、なんでも手際よく片付けるものね。――ねえ、ルシファァ。プロジェクト・チームが解散したら、あなたも少し時間に余裕ができる？」

「と思うが、何か相談？」

ルシファードは、彼女が再び交際している元夫の名前を出さずに尋ねた。

「男性同伴じゃないと入れないバーに付き合って欲しいの。カクテルが美味しくて雰囲気もいいお店なんだけど、基本的に男性オンリーだから、私一人では入れなくて」

「わかった。行きたい時にメールをくれ」

「ありがとう。せっかく余裕ができたのに時間を奪ってごめんなさい」

「謝る必要なんてないよ。メリッサと飲みに行けるんだ。楽しみにしている」

「私も」

赤毛の華やかな女性士官は笑顔で別れ、ライラたちのあとを追った。

一人になったルシファードは、給仕が新たに運んできた品を少し皿に取ってから、副司令官の姿を探した。

アンリ・ラクロワは、グラスを片手にアレックス・マオと談笑している。

「ご歓談中、失礼致します。――副司令官殿、軍病院での検査結果はいかがでしたか？」

「ああ、やはり痛みの原因は神経性胃炎だったよ。一緒にやった健康診断の結果が年相応というか……。あまりストレスをためるなとか、酒を飲む量はほどほどにとか、いつも注意されることをドクター・ニザリに言われた」

「飲酒はともかく、司令官殿という原因が毎日そばにいるのに、ストレスをためるなというのは無理でしょう」

会場に本人がいないので、マオははっきり言ってしまう。

ラクロワは苦笑する。

「前の方と比べると楽なので、ストレスになっているとは思わないんだが……」

「今の男が殴らないからといって、ヒモに変わりはないんですよ？」

「……アレク。非常に的確な指摘だと思うが、比喩として妥当なのかな？」

「失礼しました。ほかに思いつかなかったので」

マオは笑顔でしれっと謝罪し、ルシファードは二人に背を向け声を殺して笑う。

「大尉。そこまで笑うと、何の配慮もないのと同じことだぞ」

「すみません。妙にツボに入って……。たまったストレスと神経性胃炎の原因は、主として惑星女王様もとい惑星大統領閣下と惑星議会の軋轢に巻き込まれたせいだと思います。面倒なことを押しつけた形になり、誠に申し訳ありません」

「私より君のほうがうまく立ち回れただろうが、交渉相手の地位を見て、自分が軽く扱われたと騒ぐ連中がいるからな。惑星軍の監督責任を逃れようとする官僚の抵抗が凄まじかったよ」

「しかし、ほかに押しつけようがないでしょう」

「事前に通告してもらえば、こちらで善処したと責められた。我々が惑星政府に通告する義務はないし、首都防衛のため駐屯している以上、クーデターを未然に防ぐのは任務だ。任務の機密保持を非難されるいわれはないと突っぱねたら、自らの存在意義のために惑星政府の主権を踏みにじったと、与党の政治家に非難されたよ」

「それは非難ではなく、明らかな侮辱です」

その発言をした政治家の頭には、宇宙軍は宇宙港警備だけしていればいいのだという例の侮蔑があったに違いない。

「宇宙軍が駐屯する際、惑星政府と銀河連邦とのあいだで覚え書きが交わされている。情報漏洩が危惧される場合、惑星政府の主権より任務の機密保持を優先すると明記されているので、確認した上で発言を訂正して欲しいと言ってやった。――ああ言えばこう言うで、時間の浪費でしかない。私がバーミリオン星の納税者だったら、連中の時給を計算したくなっただろう」

「それが民主主義のコストですからね。我々は惑星参政権がない代わりに、銀河連邦という組織の維持管理に税金を払っているのでスッキリしたものですが」

ちなみに源泉徴収。

マオ中佐が、会場に来てから気になっていた点を口にする。

「ところで大尉。慰労会に司令官殿をお呼びしていないのは心情として理解できるが、あとで面倒なことにならないか？」

「なりませんよ。司令官殿が慰労会の経費を払って下さるとは到底思えませんから、これは私が主催した私的な会です。どなたをお呼びするかは個人の自由でしょう」

「それはいかんな。一番働いたのは君だろう。そういうことなら上官たる私が費用を持つべきじゃないか」

ラクロワのもっともな申し出に対し、ルシファードは笑って断る。

「副司令官殿の主催にしたら、それこそ司令官殿をお呼びしなくては問題になります。私が友人たちを集めた会にお二人が顔を出したという話にしておけば、角が立ちません」

「それでは、費用をカンパしよう」

「家庭をお持ちの方に負担して頂くほどのものではありません。私の好きにさせて下さい。それとも、司令官殿をお呼びしたら誰も喜ばないからと、ぶっちゃけたほうがいいですか？」

「大尉、それは公然の秘密だ！」

たしなめるふりをして同意したマオが笑う。

基地の最高権力者に対し、敬意も遠慮もない二人のようすにラクロワは苦笑いする。

「否定はしないが、二人ともあまりレイモンドを嫌わないでやってくれ。自分の責任になるのがいやだというのは、彼の性格であって――」

「はぁ？　何をおっしゃるのですか、中佐殿。最高責任者が、万事何事にも責任を取りたくないと思っているからまずいんですよ？」

「オスカーシュタイン大尉の言う通りです。最終的に責任を取るための地位であり、最高権力であり、高い給料ではありませんか。司令官殿がケチなのは、基地の予算が少ないという理由がありますから部下たちも納得しています。ですが、責任だけ副官に押しつけようとする態度は誰も認めません。部下に尊敬されないのは当然のことです」

「無責任はデフォルトだから仕方ないなんて思うから、司令官殿につけ込まれるんです」

「ひょっとして、あの頼りなさがチャーム・ポイントだなんて思っていませんか？」

二人から交互に鋭い指摘を受けたラクロワは渋い顔をした。

「アレク。どさくさにまぎれて妙な質問をしないでくれ。私が彼に甘いのは、あきらめているからだよ。ないものを期待してもしようがないだろう。責めて彼のプライドを傷つけるより、彼なりに頑張っているところを評価したほうが、お互い気持ち良く仕事ができる」

今度は二人の部下が何とも言えない顔になる。

「不幸慣れしているなんて、不幸の極みです」

「自覚がないだけで、絶対にそれはストレスになっていますよ」

「処世術と言いたまえ、処世術と……っ！」

強弁して強引に話を終わらせたところで、そばに寄ってきたライラが上官に目礼し、ルシファードに話しかけた。

「失礼致します。——ルシファ、二次会はあるの？」

「ああ、手配はマルチに頼んである。ガーディアンたちとパトリックは、ウンセット部長が連れて帰るから参加しない。女性たちだけで集まりたいなら、別行動でもいいぞ。それもマルチに聞けば適当な店を紹介してくれるだろう」

「せっかくだから、みんなで行くわよ。——あっ、ケーキ？」

ライラの目が、ルシファードの持つ皿に乗ったものの上に止まる。

ルシファードは無言で皿を彼女に差し出し、ライラは手にしたフォークをプチ・ケーキに突き刺した。

一口で食べて、大きな目を輝かせる。

ルシファードは聞かれる前に皿で方向を示す。

「新しいワゴンでデザートが運ばれてきた。あっちだ」

「みんな、デザートが来たわよう！」

喜色満面の女性たちが新しい皿を取り、ライラの指した方向へわらわらと集まっていく。

取り残された形のニコラルーンが、一同のあまりの素早さに呆然としている。

それを片手で招き寄せ、ルシファードは小声で指示を出した。

「あっちにも同じデザートを用意してもらった。女性たちに見つかって食べ尽くされる前に、マコたちや憲兵隊の面々にも教えてやってくれ」

「了解っ」

自分も甘いものが大好きなラフェール人は、即座に友人の秘密指令を実行に移す。

その後ろ姿を見送って、ルシファードは上官たちを顧みた。

「よろしければ、お二人も」

「いや、甘いものはあまり欲しくない」

「私も今日はやめておこう。──これは結婚できないな」

「やめて下さい。呪いの予言は憲兵隊長だけで充分です」

ルシファードは唐突な副司令官の言葉に不機嫌な声音で応じた。

「君ではなく、キム中尉だよ。君ほどの男から当然のように甘やかされたら、多少有能な程度の男では見劣りがして、気にもとめなくなるだろう」

「は？　いつも面倒をかけているのは私のほうですが」

「それは彼女が有能だから任せているのであって、君一人でできないことではないだろう？」

アレックス・マオの指摘に黒髪の大尉は頭を振る。

「とんでもない。そんなに買いかぶらないで下さい」

「常に彼女は意識せず、身近にいる君の有能さと包容力と優しさを甘受している。彼女が異性を意識するとしたら、君にない欠点を持っている男だろう」

「長所ではなく？」

ラクロワの言葉を理解できず、ルシファードは問い返す。

自分にない魅力を持っている男は大勢いる。

「アレクの指摘は正しいと思う。君はその気になれば一人で何でもできる男だ。それをわからない彼女ではないだろう。だから、彼女は自分なしでは困る欠点を持つ男に自分の存在意義を見出し、それをその男の魅力だと勘違いする危険がある」

「……あ！　そう！　そうなんですよ、中佐殿！　あいつ、男の趣味サイテーなんです。過去にどれだけ、そのクズどもをぶん殴ってきたか！」

「ぶん殴ってきた……？」

何やら妙なことを聞いたというように眉を寄せ、マオがつぶやく。

ラクロワはさもあらんとうなずいた。

「彼女を幸せにできそうにない男だったんだな」

「そうです！　しかも、そういうクズに限って、例外なく私に勝ち誇るためにライラを口説くというゲスな真似をするんです。あんないい女に対して、侮辱以外の何ものでもありません。そういうクズはおこがましいにも程があるので、即座に殴り倒してきましたが。もっとまともな男を選べと、何度ライラに説教したことか」

「……それは父親か兄のセリフ……」

ルシファードにしては珍しく、思い出しても腹が立つとばかりに憤然と語り、マオ中佐は複雑な表情でぼそりと感想を述べた。

宇宙軍の英雄とその副官のあいだにあるのは、微笑ましくも奇妙な友愛だった。

「ん？　ひょっとしてライラが結婚できないのは私のせいという話ですか？　やめて下さい。私は悪くありません。一応、過去に二度プロポーズしたことはあります。それを断ったのはあいつですから」

「あからさまに恋愛感情のない相手からプロポーズされても、彼女は喜ばないと思うよ」

「一応などと無神経な言い方をしているようでは、君も当分結婚できないな」

妻帯者二人から責められ、反論できない独身男は居直った。

「……もういいです、このままで。どうせ私は生涯独身という呪いの予言を憲兵隊長からされましたし、ライラだって不幸な結婚生活を送るくらいなら、独身のほうがいいでしょう」

「君たちの互恵関係を否定はしないよ。君が実力を存分に発揮できるのは、有能な補佐があってのことだ。キム中尉も補佐しがいのある上官とずっと仕事ができるのは幸せだろう。そういう意味で、君たちは最高の相手に巡り会えたと言える。何よりも、君のそばにいると退屈しないで済む」

「退屈どころか、スリル満点のジェットコースター人生、自動的に二人乗りです」

二人の上官は一瞬、ライラに同情した。

とはいえ、除隊という形でジェットコースターからは下車できるのだから、刺激的な人生を選択するのもライラの自由だった。

会場の利用時間は二時間ということで、半分近く残っている。

だが、二次会の話題も出ているようなので、ルシファードはまだ話をしていない憲兵隊の集団がいるほうに向かう。

その途中で、新しい飲み物を取りに来たマコト・ミツガシラに呼び止められた。

「大尉殿。あまり召し上がっていらっしゃらないようですが、体調がすぐれないのでは？」

「いや。慰労会はみんなと話をするのが目的だったから、かまわない。食事なら、あとでもできる」

「えっ！　すみません、私はマナー違反をしていました」

「そんなことはない。俺の主な目的が、できる限り全員と交流することだっただけだ。お前は好きなものを食べればいい。そのための立食形式なんだ。そもそも、これだけの量の食事に手が付けられないほうがまずいだろう」

「そうですね。ありがたく沢山頂いています」

普段の食事では食べない変わった料理も並んでいたので、マコトたちは一通り皿に取って食べてから、気に入った味の料理を再度取っていた。

兵士は偏食をすると厳しい訓練に体がついていかなくなるため、なんでも食べられるようになるが、好きなものを好きなだけ食べられる環境なら、個人の好みは出る。

多めに並べられていた肉料理の皿の大半は、わずかな量が残っているだけだった。

ただ、副司令官たちもあまり食べているようすがない。

上官たちを見ていると、自分の立場と状況に応じた態度というものがわかる。

おそらくもっと堅苦しいパーティなら、今はデザートに群がっている女性たちも態度が変わってくるだろう。

マコトは洗練された大人の振る舞いを学んだ気がした。

今は食べたい物を自由に食べられる自分の立場に感謝する。

「パトリックの相手を頼んで悪かったな」

「それが仕事を離れたら、結構話しやすい人だったんで驚いています。私は専門が機械工学なので、最先端の研究や製品の情報を追いかけがちなんですが、あの人は一般に実用化された製品の情報が豊富で、いくつか興味のある情報を教えてもらいました。気になっていたものが、もう廉価(れんか)に商品化されているようなので、取り寄せようと思っています」

「お互いに退屈していないなら良かった。改めて引き合わせる必要もないが、あいつはガーディアンたちの護衛につくから、お前の別れの挨拶がてら一緒に連れて行ってくれ」

「アイ・サー」

ブルーたちとは、これからも連絡を取り合う予定であり、マコトは彼らとの別れに特別な感傷はない。

慰労会が終わって出口で挨拶する程度でもかまわないような感覚だったが、パトリックとガーディアンたちをいきなり一緒にして放り出すのは、確かにお互い居心地が悪いだろう。

マコトはその場を離れようとした上官を呼び止める。

「大尉殿」

「ん？」

「本日話した限りでは、ラッセル中尉殿はたぶん都市警察でうまくやっていけると思います。予想して人選しましたか？」

「いや。何事も本人がその気にならなければ無理だ。やっと正面から向き合う気になったんだろう」

「何と？」

「さあな。自分以外の人間かもしれないし、この基地に転任させられた現実かもしれない。そのあたりをくわしく聞くほどあいつに興味はない。あいつも俺に話したくないだろう」

優しいようで冷たい上官の言葉を意外に思う。

「大尉殿はラッセル中尉殿に色々配慮されていたので、特別に気にかけていらっしゃるのかと思いました」

「仕事で配慮するのと、個人的な問題に関わるのは違う。お前は一時期上官だったに過ぎない人間から、プライバシーまで詮索（せんさく）されて平気なのか？」

「うーん、そこは相手次第ですね。大尉殿は誰にでも優しい方なので、自分のために考えて下さったことなら、ご指示に従おうという気になります」

ルシファードは思い切り顔をしかめた。

「やめろ気持ちの悪い。それはお前の思い込みだ。俺は大半の人間のことをどうでもいいと思っている。だから何も期待していない。報い、賞賛するべき成果や行為に対しては、当然相応の態度を取るが、感情とは別の話だ」

何も期待していない相手に上官の義務としてこれだけの配慮ができるのは逆に驚きだった。

マコトも輸送科に戻れば多くの部下がいるので、感情抜きで他者の成果を公平に賞賛するのが、どれほど難しいことか知っている。

疲れていたり忙しければ賞賛する余裕はなく、部下の仕事をできて当然とみなす。

過去に出会った上官の中には、部下の才能をねたんで邪魔をしたり、成果を横取りするような人間もいた。

優しく振る舞うより、公平に対処するほうが難しい。日常的に感情を排除して理性的に部下を評価できるなら、自分も是非そうありたいと思う。

それはおのれに充分な余裕があって、初めてできる生き方だった。

——うわぁ、お兄さまったら超絶クール……！

「大尉殿。私のことも、どうでもいいと思っていますか？」

「そう思っている相手にこんな話をするか。上官に甘えて答えのわかっている質問をするな、軟弱者」

「は、はひ。申ひ訳ありまへん」

くだらない質問をするこの口が悪いとばかりに片頬をつねり上げられ、マコトは半分笑いながら謝罪する。

自分が尊敬する上官は、どうでもいいと思っていない相手には、やはり優しい。


「マルっち。今は慰労会のはずなんですけど」

部下たちと仕事の進め方を相談していた憲兵隊隊長は、友人に肩を叩かれて仰ぎ見る。

「ついでだ。食事をしながらの話題だから、何を話してもいいだろう」

「憲兵隊長。食事が不味くなるからやめて下さいと、部下の立場で言えるか?」

「いいえ、構いませんよ、オスカーシュタイン大尉殿。慰労会が終わったあと携帯端末で連絡し合うより、みんなで同時に打ち合わせしたほうが早いので」

憲兵隊の一人が、上官の横暴を笑って擁護した。

別の一人もうなずく。

「隊長が真面目に打ち合わせをしてくれる時間は貴重です。いつも大抵、お前らで適当にやっとけで終わります」

「……お前ら。隊長のメンツをなんだと思っている」

うなるマルチェロの隣で、可憐な副官がデザートのムースを口に運びながら言う。

「今更大切にするほどのメンツをお持ちとは知りませんでした」

「対外的には見栄を張りたいんでしょう、隊長も」

部下たちが声をそろえて笑う。

「優秀な部下たちに愛されて幸せだね、マルっち」

「……お陰様でな」

マルチェロは短く答え、フォークに刺した太いソーセージを一口噛みちぎった。

「みんな忙しい中、来てくれてありがとう。怪我は痛まないか？」

ルシファードはこの場にいる全員に問いかける。

分室の近くで爆弾が爆発した時、あの場にいた憲兵隊の面々だった。

日常の仕事もあり、プロジェクトに協力してくれた憲兵隊の全員を呼ぶわけにはいかない。

爆発で怪我をしたものたちが、痛い思いをした分、美味しい食事を食べる権利があるという結論になったらしい。

確かにその理由ならわかりやすく、異存は出ないだろう。

「細胞賦活剤（ふかつざい）もよく効いて、全員傷は完治しています。負傷した周辺が、雨の日に少しうずく程度です」

「すぐに軍病院で治療してもらえましたから、あまり長く痛い思いをせずに済みました」

「外科のドクター・サイ……アラムートは最高の腕をお持ちですし、緊急搬送に慣れているスタッフも手際がいいですね」

「全員元気に集まれたのは、一番重傷だったコールドマン中尉殿を大尉殿が治して下さったお陰です。我々憲兵隊は一生大尉殿に感謝します」

全種類のデザートを載せた皿を手にして、リンゼイはにっこり笑う。

「意識を失っているあいだに治して頂きましたから、私は痛い思いさえしませんでした」

「耐えられる痛みではないから、気絶していて正解だよ。——それから婚約おめでとう。実に痛快なパンチだった」

「我々も是非その光景が見たかったです！」

ルシファードの言葉に憲兵たちがにやつきながら異口同音に言う。

苦々しげな表情のマルチェロは、口をはさまずひたすらソーセージを食べ続ける。

度の強い眼鏡から解放された憲兵隊の副官は、婚約指輪をはめた左手をひらひらと軽く振って嘆いた。

「お恥ずかしい限りです。あの時、カッとして思わず手が出てしまったのですが……お約束と言いましょうか、見事に手首を捻挫（ねんざ）しました。実はそちらのほうが、まだ痛くて。慣れないことをするものではありませんね」

「あの一撃が、六年間もグダグダ悩んでいた誰かさんの迷いを吹き飛ばしたのだから、痛い思いをした甲斐はあったと思うよ」

「部下一同、陰ながら応援していたものの、最近はすっかりあきらめムードでした。もう痛々しくて、見て見ぬフリというか……」

「女たらしで名を馳せているクセに、六年ですからね～。開いた口がふさがりませんよ」

「結局、告白時期の賭けは誰も当てられなくて、賭け自体が不成立に終わりました」

ルシファードに向けた部下たちの訴えを黙って聞いていたマルチェロだが、最後の発言は聞き捨てならなかった。

「賭けだと！　貴様ら、上官の苦悩の日々をなんだと思っているんだっっっ」

「他人の恋愛なんて娯楽だよぉ、マルっち。知り合って日の浅い俺ですらあきれていたんだから、部下たちのもどかしさたるや、靴の上から足の裏をかくより辛かったんじゃない？」

「やかましい。俺の苦悩は水虫かっ！」

「そこまでは言ってない」

二人のやり取りに憲兵たちはゲラゲラ笑う。

「とまれ無事めでたく婚約して指輪も渡せたんだし、法務科のサルくんは大人しく引き下がったんだろ？」

ルシファードがその名を口にした途端、憲兵隊の男たちは全員同時に中指を立てた。

〈やるか、オラァ〉〈上等だ、コラァ〉〈ナメてんじゃねーぞ、この野郎ぉ〉〈ちょっと表まで顔貸せや、アアン?〉——等等。

眉間に皺を寄せ、唇をひん曲げた各自の顔にガラの良くないセリフが書かれている。

それらを見て取ったルシファードは、困惑の面持ちで一同の変貌ぶりを眺めているヒロインに尋ねた。

「何があったのかは大体想像がつくけど、これからの仕事を考えると、憲兵隊と法務科の全面戦争はまずいよね?」

「そんな深刻なものではないのですが……。あちらも私の将来を案じて下さった発言で、悪気があるわけでは——」

一斉に上がるブーイング。

「その将来にマルチを含めない発言だったのか。勝負はついたのに、祝福できないなんて器の小さいサル氏だねぇ。今回のプロジェクトでは憲兵隊に助けてもらったし、他ならぬマルチェロの幸せのためだ。先方があまりに感じの悪いことを言うようなら、俺も協力するのにやぶさかではない」

「待て。なんの協力だ?」

「黙らせればいいんだろう?」

「爽(さわ)やかに笑って、何か恐ろしいことを考えるのはよせ。奴は自分でなんとかする」

「憲兵隊長の立場上できないことでも、俺ならできるけど？」

「するなっ。お前はお前の仕事をしていろっ」

マルチェロは本気で叱った。

倫理観が標準よりかなりゆるめに設定されている友人は、友情の名の下に何をしでかすかわかったものではない。

「は〜い。――で、みんなは、このあとの二次会に参加できるのかな？」

「残念ながら、我々とコールドマン中尉殿は深夜勤務なので、慰労会だけで失礼させて頂きます。ボスは最後までご一緒致します」

「そうか、残念だが仕事では仕方がない。憲兵隊には通常の仕事があるにも関わらず、危険なことまで頼んで申し訳なかった。本当に助かった。深く感謝する。今回参加できなかったメンバーにも、よろしく伝えてくれ」

プロジェクト・リーダーが改めて礼を述べると、憲兵たちはほぼ同時に敬礼し、中の一人が代表して仲間の総意を告げる。

「お役に立てて光栄に思います。何かありましたら、また是非お手伝いさせて下さい。――そして、これからもボスをよろしくお願い致します！」

「お前ら、最後の一言は余計だぞ！　この男がどれだけ厄介な性格で面倒ばかり起こすか知らないだろ！　よろしくお願いされるのは俺のほうだっ」

憲兵隊隊長の抗議を部下たちは笑顔で聞き流す。

横柄で細かいことにうるさくて、しかも憲兵隊隊長という肩書きを持つ彼らのボスは、基地に着任して以来、同性の友人が皆無だった。

相手の階級に関係なく無教養で無能な人間に対しては、軽蔑を隠そうともしない。自分こそ喧嘩っ早くて、かなり面倒な性格をしているという自覚がないのだから困る。

お互いに敬意を払い、軽口もたたき合えるルシファードが、どれほど貴重な存在か部下たちはよく理解していた。


食材を無駄にしないという会場側の配慮があり、残った料理を少量ずつ詰め合わせたパックが作られ、希望者に渡された。

適温を守り、できれば今日中に消費して欲しいと注意書きが添えられている。

二次会に参加しないガーディアンたちと深夜勤務に向かう憲兵隊の面々が喜んで持ち帰る。

人数分以上のパックをもらいながら、ガーディアン・ピンクは少し不満顔だった。

「デザートのパックがないなんて、物足りな～い」

「うへっ。あんだけ食べてよく言うよ、ホント。女性軍がフルーツもチョコレートもケーキもパイも、欠片も残さず全部食い尽くしたじゃん」

「デザートは別腹だって知らないの！」

口論するブルーとピンクのあいだに部長が割って入る。

「こら、みっともない。恥ずかしいから止めなさい。宿舎に戻る途中でスーパーに寄って、好きなものを買ってやるから」

「やったぁ！　アイスクリームを特大サイズで買ってね」

「スナック菓子やクッキーも！」

いくら成長期としても、これからまだ食べる気なのかと、彼らの会話を聞いていたニコラルーンがげんなりする。

帰って勉強するつもりのグラディウスは二次会の参加を断り、弟や妹にお土産のパックをもらって、本当に自分の分ではないのだとラフェール人に念を押す。

そして、記憶を失ったニコラルーンが流されて二次会に行き、気まずい思いをすることがないようにと、できれば自分を家まで送って欲しいと頼む。

「料理が美味しかったし雰囲気もいいから、今度需品科の歓送迎会をここでやろうかしら」

「いいですね。通信科は宿舎から遠いのが難かなぁ……」

「うちの中隊はマッチョどもが飲んで暴れるから、利用はまず無理でしょう。出禁以前に予約時点で断られちゃいそう」

ドミニク、メリッサ、ライラの三人は、体調を考慮して帰ろうとしたラクロワ中佐に取りすがり、二次会の参加を強引に承諾させていた。

満更でもない副司令官のようすに、少しうらやましげなマオ連隊長。

「ラクロワ中佐殿は女性に人気があるねぇ」

「人徳でしょう。マオ中佐殿には私がすがりましょうか？」

「遠慮するよ。私も二次会に付き合うから、それだけはやめてくれ」

上官と冗談を交わして笑うルシファードの腕にマコトが抱きつく。

「だったら私にすがって下さい、お兄さま～」

「帰れ、鬱陶しい」

「やだやだ帰りません～。私も二次会にお供させて下さい～」

「酔ってもいないのに今からからむな」

「二次会で酔ったら、からんでもいいんですか！」

「いいワケあるか。即座に気絶させて床に転がしておく」

邪険にする上官の腕に取りすがっているのはマコトのほうだった。

いつものようにルシファードの前でだけ豹変するメカ・ケルベロスの姿を、憲兵隊隊長は奇異の目で見遣る。

「気絶させるついでに請求書を握らせて、リニアカーで送り出してしまえ」

二次会の会場は、現在いる建物と地下通路でつながった別館にあるという。

店の従業員が案内役として、先導してくれる。

二次会に参加する一行は、まず一階のエントランスで帰るものたちと別れの言葉を交わし、地下に続く階段を下りていく。

地下スペースは、各会場に提供する料理の調理場と備品の保管室に使われているらしい。料理は厳しく衛生管理された調理場から業務用エレベータで運ばれ、移動用に使う廊下とは隔絶している。

別館の入り口が見えてきたところで、別の従業員がマルチェロとルシファードの二人を呼び止めた。

それなりの地位にあるものらしく、落ち着いた物腰で慇懃(いんぎん)に用件を伝える。

「アロラがお二人に至急お話ししたいことがあると申しております。誠に申し訳ございませんが、別室までご足労願えませんでしょうか。あまりお時間は取らせません。話が済み次第、ほかの皆さまのいらっしゃる会場まで、ご案内させて頂きます」

二人は驚き、思わず顔を見合わせる。

いくら憲兵隊隊長と個人的に親しくても、客として訪れた彼らを移動途中で呼び出すとは、ジャグモハン・アロララしからぬ乱暴なやり方だった。

二次会の店に全員が移動し、一同が落ち着いた頃を見計らってそっとメッセージを渡し、店外へと誘うのがスマートな方法だろう。

大して変わらないわずかな時間さえ待てないほど、緊急を要する内容ということになる。

一同が戸惑う中、アンリ・ラクロワが口を開いた。

「行ってきなさい。おそらく慰労会が終わるまで、待っていてくれたのだろう。我々は先に店に入っているよ」

「アイ・サー。よろしくお願い致します」

主催者であるルシファードが席を外すので、もっとも階級の高い副司令官の彼が代役を務めるという申し出だった。

二次会一行は入り口を入ってすぐのエレベータに乗り込む。

ルシファードたちは通路の先へと促された。

別館の地下に入ってからは、廊下に青いカーペットが敷き詰められ、足音を消している。ほどなく暗赤色の重厚な造りを意識した扉が見えてきた。壁に埋め込まれた金色の金属プレートには、会員特別室と刻まれている。

表面に鏡面加工を施した人工木材の扉の前に立つと、左右に音もなく開いた。

内部は照明を暗く落としたバーで規模は小さく、ＶＩＰが少人数の密談に利用する高級ラウンジといった趣だった。

片側の壁に沿って馬蹄型のソファが三つ並び、もう一方は扉と同じ人工木材を使ったバー・カウンターがあり、内装にはかなり費用をかけている。

ただしカーマイン基地の中という立地のせいか、超一流と呼ぶほどの品格はない。

官僚トップや政府関係者、経済界の大物が利用するような高級店は、惑星バーミリオンの政治と経済の中心地パープル・タウンの一流ホテル内にある。

こういう店でVIP待遇を受け、悦にいる会員がどんな人種か知りたくもないが、人間の虚栄心をくすぐるのも巧みな商売のやり方だった。

ジャグモハン・アロラはかなりのやり手経営者と聞く。

一番奥のソファから、褐色の肌をした禿頭の巨漢が立ち上がり、歓迎のしるしに満面の笑みで両手を広げる。

「お久しぶりです、お二人とも」

案内してきた男は役目を終え、出入り口近くの壁を背にして立つ。

ラウンジには、光沢のある白い長衣を身にまとったオーナーのほか、カウンターの向こう側にバーテンダーがいるだけだった。

店内には会話の邪魔にならないように音量を絞ったピアノの曲が流れている。

「お楽しみのところを急にお呼び立てして、誠に申し訳ございません。どうぞ奥までいらして下さいませ。――何か飲み物でもお持ち致しましょうか？」

「いや、結構。早速だが、何があったのか教えて欲しい」

招かれた奥のソファに腰を下ろしたルシファードは、単刀直入に呼び出した理由を尋ねた。

ジャグモハンは愛想のいい笑みを消し、厳しい表情で二人を交互に見る。

「私は輸入業も営んでおります。さきほど第一報が入りまして、これは早急にお二人にお知らせしたほうがよいと判断し、おいで願った次第です。星間輸送の定期貨物船が宇宙海賊に襲われました。しかも一隻ではなく、大手輸送会社から中小、個人の貨物船まですべて襲われています。航路の末端に位置するバーミリオン星には、当分一切の貨物が入りません」

予想もしなかったニュースに二人の宇宙軍士官は絶句する。

人類が居住可能なように惑星改造し、気候が安定してから移民を受け入れたバーミリオン星は歴史が浅い。

いくら違法移民が大量に押し寄せ、人口が増えたと言っても首都とその周辺だけのこと。

辺境惑星ということですぐに移民は途絶え、バーミリオン星の住民はエボニー大陸の首都周辺と惑星の反対側にあるアイボリー大陸の一部に集まって居住しているに過ぎない。

広大な面積が無人のまま放置され、都市部に人口が集中しているのは、インフラ整備の効率を考えてのことだった。

大半の作業工程が自動化された農業・漁業・製造業は、産業として従事する人間を必要としないため、それらの現場周辺に人間はほとんど居住していない。まれに趣味や観光で関わる人間が、一時的な拠点を設けて活動している程度だった。

食糧はどこの惑星でも自給自足が原則。改造によって環境が調えられたバーミリオン星ならなおのこと、惑星の全人口を充分養えるだけの食糧はある。

ただし、人口が少ない惑星で大した需要のない工業製品の生産と、原材料の精製加工の分野は自給自足にほど遠い。

一切輸入品が入らなくなれば、文化的生活を送るための道具に支障が出てくる。

さまざまな用途別に開発された３Ｄプリンターで、かなりの必需品を作り出せるが、できないものも沢山あった。

複雑な工程で組み立てられる製品や特殊な素材を使用したもの、相当な強度や耐久力を要求されるもの、機密扱いで複製できないもの等等。

３Ｄプリンターに使用される原材料自体も、まとめて輸入されている。

「今頃、惑星大統領にも、この情報が届いていると思います。いくら飢える心配はないと言っても、生きるために必要なものは食べ物ばかりではありません」

「情報規制しないとパニックが起きるな」

マルチェロがうなった。

物価は高騰し、社会不安が広がる。

バーミリオン星は流民街というコントロール不能の大きな不安要因を抱えていた。

治安が悪く、多くの人間が住みながら生産性の低い街は、パニックの発生源になりかねず、それは隣接するイエロー・タウンにもすぐ広がるだろう。

マルチェロは、半ば自分に言い聞かせるように考えながらゆっくりと話す。

「宇宙海賊が多くの宇宙船を襲うなんて異常事態だ。銀河連邦宇宙軍が総力を挙げて、すぐ掃討に乗り出すだろう。だから星間貨物の輸入停止状態も一時的なもので、パニックが起きたとしても、力業を使って抑え込めばなんとかなる。——だが、どうしていきなりこんな事態になったんだ？」

「亜空間通信の中継器が破損しているせいだ……！　亜空間通信での緊急連絡が正常に機能していないから、宇宙軍への通報が遅れ、宇宙海賊の掃討が後手に回っている。おそらく宇宙海賊たちは、その状況を利用して警戒が手薄な場所を重点的に襲っている」

ルシファードは両膝に置いた拳を強く握り、言葉を続けた。

「——この状況を作り出すために、事故を装って中継器を破損させたんだ」

「おい。まさか、宇宙海賊たちが汎銀河系複合企業体のＦＲＣとグルだということか？」

「そこまで断言はできないし、証拠もない。だが情報を流すだけでもいいし、奴らと関係の深い連中がいるなら一部を動かすことで、同業者が真似をする。宇宙海賊どもにしたら、これはチャンスだろう」

「……許し難い、実に悪辣（あくらつ）な行為です……！」

経済的に多大な痛手を被ったジャグモハンはうめく。荷物に保険をかけても、すべてをまかなえるものではない。

憲兵隊隊長は、大胆不敵な犯行に戦慄（せんりつ）する。

「星間貨物船が襲われたってことは、中央本部に報告のディスクも届かないってことで……まさか、報告書の阻止を目的に……っ？」

「その可能性は大きいにせよ、こうなるとそんな単純な話ではないと思う。いくつものメリットがあるからこそ、こんな危険な博打を打ったんだろう。バーミリオン星を孤立させて何をするつもりか、まだはっきりとわからない」

「物質転送装置を惑星外に持ち出すつもりじゃないのか？」

「そんなに簡単に掘り出せるなら、もっと早くに手を打っている。ほかに何かある。それのために〈ザ・ビースト〉が送り込まれてきたんだろう」

「そこにつながるのか……。慰労会どころじゃないぞ」

マルチェロの言葉にルシファードも同感だったが、自分たちに状況を変える力はない。

「ともかく宇宙軍には、最優先で宇宙海賊を掃討して欲しいが、送り出した報告書のデータはダミーも含めて、全部Ｏ２に届かないと判断して間違いなさそうだな」

「まさか……ここまで大規模に荒っぽい手段に訴えられるとは思わなかったぜ。一体何をしたいのか、俺には見当もつかない。影響力の大きさといい、やり方といい、こんなこと実行に移す連中は絶対まともじゃない」

まだ衝撃から立ち直れない憲兵隊隊長のつぶやきに、褐色の大男も沈痛な表情でうなずく。

反対にルシファードは肩をすくめて、軽い調子で言った。

「欲に駆られた権力者が、目的のために手段を選ばないのはお約束だろ？　惑星外から物量で圧倒してくる組織には対抗しようもねえ。こういう手合いには、別の権力をぶつけるしかないっつーコトで、Ｏ２が中央本部を動かしてくれるのを期待しよう」

「宇宙軍が海賊を掃討するまで、どのくらいかかるんだろうな。……くそ、イライラする。敵が何をしたいのか、最終的な目的さえわからなくなってきた」

「わからないものを考え続けても無意味だろ。とりあえず全部棚上げにして、二次会に行こうぜ。——ジャグは貴重な情報をいち早く教えてくれてありがとう。いずれ惑星政府が正式に発表するとしても、事前に知っているとそうでないとでは、心の準備が違ってくるからな」

ルシファードにつられて、マルチェロとジャグモハンも立ち上がる。

「それでも飲まなけりゃ、やっていられない気分だ。しかも確実に悪酔いする流れときた」

「まったくですね。このあと私もここで飲むつもりでした」

男たちはすさんだ気分のまま、暗く笑った。

4

パソコンなどの備品もなく、いたってシンプルな楕円形の円卓に最後の一人が姿を現わしたのは、定刻の一分前だった。

黒い軍服に中将の肩章をつけた男が、低声でとがめる。

「遅いぞ、O2。忙しい身は貴兄だけではない」

「まったくだ。自分の暗殺未遂犯を逮捕しようと躍起になっているのはわかるが、情報部のメンツより優先すべき事があると理解して欲しいものだな」

尻馬に乗ってあからさまな嫌みを言うのは、白い口髭をたくわえた巨漢。肩章は大将――将軍だった。

そこここで、嫌みに同意する含み笑いが漏れる。

この場に招集されたのは、銀河連邦宇宙軍情報部部長オリビエ・オスカーシュタイン少将と議長の元帥を除くと、各方面軍の総司令官を務める将軍もしくはその次席の中将だった。

将官たちの大半はO2に屈託がある。

階級こそ下位でも、この中でただ一人緑色の軍服を着用する本部所属のエリートは、誰もが知る極めて優秀な男だった。

黒い軍服の現場組も一目置かざるを得ない。

それがまた反発を招き、初手からの嫌みと追随する忍び笑いという態度に出る。

実戦を重ねて今日の地位に到達した彼らには、宇宙軍軍人としての自負があり、戦闘を知らない中央本部のエリートを軍人ではなく役人だと思っていた。

とはいえ、本部所属のエリートたちにも現場組とは性質の異なる熾烈な戦場がある。

ただでさえ警戒される情報部のトップとして、Ｏ２は現場組の反感を慮り、何度か昇格を辞退してきた。

彼の昇格の話が出るたび、色々と理屈を並べて横やりを入れてきた本部の連中は、それを自分たちの政治的勝利だと疑っていない。

勤続年数という目に見える形で連邦宇宙軍に対する忠誠を示してきた人間には、かつて長期間休職したことがあるＯ２の軍歴は格好の攻撃対象だった。

辣腕（らつわん）の情報部部長は、現時点で必要を感じない自分の昇格より、敵を大人しくさせておくほうを優先している。

だが、除隊願いが受理されず、長期休職扱いにしてまで復帰を強く望まれたほど有能な人物なのだと、現在の彼を見て至極真っ当な判断を下せる現場組もいた。

そのうちの一人が口を開く。

「一分であっても定刻前ですから、遅刻ではありません。それにこのメンバーの中で一番忙しいのは、間違いなくO2だと思いますが？」

「この場で報告される事実を彼はすでに把握済みでしょう。それどころか、毎回未知の重要な情報をもたらすのも彼です」

「それが情報部の仕事ですから当然です。ただ予想外の爆弾を投げ込まれる場合もありますので、用心して聞きましょう」

前の二人はO2を擁護する側に立って発言したが、皮肉な笑いを口元に浮かべた最後の一人は違う。

先程、嫌みに笑った彼女は、どちら側でもないらしい。

明るい照明の下で円卓を囲むのは十五人。

男女とそれ以外の性別、人種も外見年齢も様々だった。

O2のように若いと言っていいものから、深い皺を顔に刻んだもの、年齢自体が不明のものなど。

最も多いのが地球系の五人だが、二人は惑星環境に適応した遺伝子の変異により、容姿から地球系とはわからない。

「――などと言っているうちに定刻は過ぎた。会議を始める」

議長を務めるファイ・エン・ト元帥の硬質な声が、不穏な発言にざわつく場を静めた。

ファイ元帥は、宇宙軍中央本部の置かれた惑星・玻璃宮を含む闇天光方面軍総司令本部の総司令官でもある。

ファイ元帥の種族は性別が五つあり、その性別は銀河系内で広く使われる三人称に該当するものがない。

種族内での他称はあるが一般的ではないため、他称を使わず常にファイ元帥と呼ぶのが慣例だった。

元帥の耳に入らない場所では、間違った他称と承知で彼という単語を使うものもいる。

銀河連邦に加盟している知的生命体の大半は人間型に分類される人類だったが、進化の元になった生物はいくつもあるため、それが種族的特徴として容姿に影響を与えていた。

ファイ元帥の種族は鳥類に似た生物から進化したらしい。

淡いオレンジ色の細かな羽毛に埋め尽くされた顔は、くちばしこそないが額から口にかけてのラインが鳥を連想させる。

白目の少ない大きな目の視線は鋭く、頭髪に相当するのは玉虫色の光沢を持つ緑色の長い羽だった。

その種族的外見には独特の美しさがある。

加えて身に備わった知性や品格、威厳がファイ元帥をより魅力的に見せていた。

「今回諸君に集まってもらったのは、一部で活動が活発化している宇宙海賊の掃討について、宇宙軍全体で協力し対処すべき必要があると感じたからだ。――まずは、ヴァンダイク方面軍総司令本部の報告を聞こう」

「アイ・サー。……昨日までの集計で、宇宙海賊の襲撃回数は五万七千五百六十二回。日を追って襲撃回数は増えておりますが、船舶会社の自衛及び貨物定期便欠航によって、被害規模は縮小しております」

青い顔で被害状況を報告しているのは、次席の中将だった。

総司令官は宇宙海賊掃討の指揮を口実に欠席している。嫌な役目を副司令官に体よく押しつけて逃げたのは明白でも、報告の役目を果たせればいいので、あえて誰も追及しない。

ヴァンダイク方面軍総司令官代理が襲撃回数を口にした途端、円卓にいる大半のものが驚きを隠さなかったほど、異常な襲撃回数だった。

銀河系すべての宇宙海賊たちが集結したような数なのは、連邦宇宙軍の掃討が間に合わないと知っての動きだろう。

議長が報告の足りない部分を指摘する。

「それで、何隻捕縛もしくは撃破した？」

「六千二百五十八……隻です、サー」

その答えに失笑が漏れた。

「話にならんな」

「そこまでやりたい放題できるなら、海賊どもも集まるはずだ」

「笑い事ではありません。物流が完全に止まってしまう」

「それも亜空間通信の中継器が直るまでのあいだの話。食糧さえ自給できていれば深刻な事態には陥りません」

束の間、私語が飛び交う。

議長はそれが収まってから、今度はヴァンダイク方面軍と最も広く担当宙域を接しているトルナード方面軍の総司令官に尋ねた。

「デン将軍、貴兄の宙域で海賊行為の被害にあったという報告は中継器が故障してから何件あった?」

「本日〇時〇〇分の時点で、二万七千七百十二回になります、サー」

「ヴァンダイク方面軍担当宙域の半分弱か……。それで捕縛もしくは撃破した数は?」

「九千百六十五隻ですが、一隻の海賊船がほとんど複数回略奪行為を働いていること、宇宙警察や賞金稼ぎたち、企業に雇われた護衛船が小型の宇宙船を使用した海賊を二百五十隻以上撃破していること、他の宇宙軍担当宙域に逃走した数を考慮すると、我がトルナード方面軍は宇宙海賊に対し、ほぼ掃討が成功していると思われます。一時的に増大した宇宙海賊の活動は、速やかに終息に向かっています」

それをトルナード方面軍は成し遂げたという自信が、断言する声にも現われている。ヴァンダイク方面軍の話を聞けば、誇らしく思うのも当然だろう。

うなずきながら聞いていたファイ元帥は、この場の雰囲気を代表して言った。

「連邦宇宙軍はトルナード方面軍の働きに対し、非常に満足している。ただし、今後とも警戒は怠らぬように」

「ありがとうございます、ファイ元帥閣下。そのお言葉は部下一同に伝え、今後の励みとさせて頂きます」

「うむ。――もう一つ尋ねるが、宇宙海賊が他の宇宙軍担当宙域に逃走した際、どのような対処をしているのか、聞かせてもらおう」

「まずは逃走を通報すべく、レーダーでヴァンダイク方面軍所属の戦艦を探し、連絡可能な宙域に見つからなければ、一番近くにある軍港に連絡致します」

常に移動している宇宙船同士で連絡を取る場合、範囲を限定し指向性を持たせた亜空間通信を送る。相手の位置を把握していないと、それができない。

レーダーで探知できる範囲に相手がいなかった場合、全方位に向けて亜空間通信を送ることは可能だが出力は低下する。

短い音声データ、つまり救難信号のようなものしか送れないため、送りたい相手に宇宙海賊の情報を伝えられないだけでなく、関係のない宇宙船まで通信を受信してしまう。

宇宙軍間の通信は暗号化されているので秘匿性は担保されるが、無意味な亜空間通信を垂れ流すことなる。

任務に関わる重要な通信でも、無関係な民間宇宙船の多くを意味のない亜空間通信で煩わせるのは、迷惑行為であり感心できない。

宇宙軍が位置不明の友軍に連絡を取りたい時は、宙図に載っている一番近い軍港に向けて亜空間通信を送り、それを転送してもらう仕組みになっていた。

宇宙軍の艦船が母港とする軍港は、スペース・コロニーや宇宙ステーションにある。民間と共同管理している小規模な宇宙港もあった。

軍港の亜空間通信専用コンピュータは、受信した通信の冒頭に付加された暗号から即座に転送用か否かを判断する。

転送用の場合は、全宙図に投影される宇宙軍所属艦船の情報から、通信が送り先に指定する艦船の位置を特定し、自動的かつ最短時間で発信する仕組みになっていた。

宇宙軍の艦船は、一定時間ごとに現在位置を亜空間通信で最寄りの軍港に伝え、軍港はその位置データを各方面軍の専用コンピュータに亜空間通信で報告する。

すべて自動でやり取りされる位置情報によって、どの軍港でも宇宙軍の全所属艦船の位置を把握し、正しい相手に必要な通信を送ることができた。

だが、一台の中継器の故障が、必要不可欠なネットワークに多大な障害を発生させている。

本来ならデータのサイズが極めて小さい艦船の位置報告通信は、ほぼ時間差なく宙図に反映される。中継器に負荷をかけないよう、各方面軍ごとに利用する中継器は決められ、亜空間通信の暗号にもそれが組み込まれていた。

亜空間通信の中継器は、連邦宇宙軍と宇宙警察、惑星政府と銀河連邦の公式通信、そして全船舶の救難信号の利用を優先するように設定されている。

ただし、本来は他の中継器が担当する宙域の位置報告通信を受信した場合、自らの担当宙域の利用指定暗号を組み込まれた通信を優先し、他のものは重要度を下げて後回しにする。

情報データの重複は中継器の負荷になるので、平常時には当然の措置だった。

そのために今回、故障した中継器の担当宙域にあるヴァンダイク方面軍所属艦船の位置報告通信に、深刻な遅滞が生じている。

最悪の空白状態はまぬがれているが、宙図に表示されない艦船もあり、表示されてもかなりの時間差があった。

あってはならないことの筆頭が中継器の破損なので、故障を前提とした対策を立て辛かったのは仕方ないとしても、危機管理の重大な欠陥という問題は残る。

この事態に対処するには、ヴァンダイク方面軍所属艦船の位置報告通信の利用中継器設定を変更するしかない。

それが、非常に手間と時間のかかる作業だった。

まず、艦船の搭載コンピュータのプログラムを変更する。

正式な手続きを経て、多くの責任者の立ち会いの下、専門の技師が行なう。悪意を持つ個人の意図に従って改変されないよう、安全管理と責任の所在、変更の記録管理として必要な手順だった。

それをヴァンダイク方面軍所属の全艦船に行なう。

そして、中継器の故障が直ったら、また同じことをして設定を戻す。

戦略コンピュータ〈メフィスト〉の現時点における状況分析では、おそらく中継器の利用設定変更途中で、故障が直るだろうという結果が出ている。

現状を維持するほうがまだ無駄と混乱は少ない。

ファイ元帥の眉間に深い皺が刻まれた。

「最寄りの軍港から、ヴァンダイク方面軍所属の艦船に宇宙海賊の情報を転送したくても、肝心の転送先が不明ではどうしようもないな」

ヴァンダイク方面軍の宙域に逃げ込んだ宇宙海賊を掃討するため、一番近くにいる所属艦船に情報を転送するという、トルナード方面軍所属艦船の対処は正しい。

だが、一番近くにいるはずの艦船名と位置が不明では、情報は転送できず宙に浮く。

「〈メフィスト〉の下した結論は、現状維持が一番損害を少なくするとのことでしたが、どう考えても宇宙海賊のせいで、多大な損害が出ていますね」

「所詮コンピュータはコンピュータということでしょう。入力データ次第で予測が大幅に変わってしまう」

「しかし、担当宙域を越えて活動する海賊船ばかりではない。現にトルナード方面軍はほぼ掃討に成功している。いくら多数だと言っても、ヴァンダイク方面軍の捕縛数の少なさは異常だと思う」

「能力の差だと思いますけれど」

一人の将軍は穏便な言い方をしたものの、嘲笑を含んだ口調が『無能なんだろう』と言っているも同然だった。

円卓を囲むものたちの大半が、その言葉に同意するそぶりを見せる。

ヴァンダイク方面軍総司令本部を代表して出席している中将は、怒りで真っ赤になった。

「我々は最大限の努力をしている！　この緊急事態に粉骨砕身して当たる全将兵を侮辱なさるおつもりかっ！」

「努力は疑っていない。この緊急事態に粉骨砕身して……という言い方は多少大袈裟だと思うが、事に当たるのは銀河連邦宇宙軍軍人として当然のことだ。兵は努力しているが、ここまで明白に結果が出ないとなると、原因として心当たりがあるのは一つだけだよ。指揮官が無能なんだ。誰とは言わないがね」

巨漢の将軍の反論に対し、女性の将軍の一人が補足する。

「実際、ここまで惨憺たるありさまでは、総司令官の無能だけでは説明がつきません。なんらかの原因で組織全体が機能不全に陥っているのではありませんか？　早急に調査し、立て直す必要があります」

「原因は判明しています。宇宙海賊たちに対し、ヴァンダイク方面軍の情報を流すものたちが軍内部に存在します」

一同の目がその爆弾発言の主――〇２に向けられる。

活発な議論を引き出すため、私語も含めて比較的自由に発言させる主義のファイ元帥が、解決策を提示してくれるだろうとひそかに期待していた情報部部長のほうに身を乗り出す。

「断言するからには、すでに調査済みということか？」

「イエス・サー。現地協力者の調査員に加え、諜報員を多数投入して調査した結果です。証拠も押さえています」

「だったら、何故早急に対処しない！　これは一刻を争う事態だろうが。貴様がすました顔で手柄を報告するあいだにも、宇宙海賊に襲われている船は出ているんだぞっ」

反〇２の急先鋒である将軍が大声で非難する。

その態度には、ここぞとばかりに非を言い立てて、あわよくば〇２を失脚に追い込もうという意気込みがうかがえた。

会議のたび、くり返される茶番劇に、うんざりした視線を向けるものも多い。

その場で思いついた言いがかりに等しい糾弾で、事実を積み重ねて会議に臨む０２の足元をすくえるはずがないのだから、そろそろ無意味な真似はやめて欲しかった。

０２に反感を持つものでさえ、時間の無駄だと思っている。

それでも場の空気を読まない追従者はいるもので、急先鋒の将軍が孤軍奮闘するままには終わらない。

「民間から中央本部に苦情や抗議、嘆願がどれほど届いているか、知らない君ではなかろう。君が手をこまねいているあいだにも、連邦宇宙軍への信頼は失墜していくのだぞ」

「確実な証拠を掴むため、調査に時間がかかるのはやむを得ません。それに宇宙海賊がヴァンダイク方面宙域に集結している分、他の宙域の海賊被害は激減しているのですから、悪い面ばかりでもありません」

「そのセリフ、定期貨物船や客船の運行会社にあなたが直接言って下さらない？」

女将軍が言葉に毒を込めて言う。

情報部部長はそれを無視し、一同に提案した。

「宇宙海賊どもがいい気になって荒らし回っている今こそ、まとめて掃討する良い機会です」

「私もそれは思わないでもないが、言うほど簡単にはいかないだろう。たとえ軍の情報を流す裏切り者を一網打尽にできたとしても、中継器の故障により所属艦船の現在位置把握に障害があっては、連絡し合い連携を取るのもままならない」

ファイ元帥はO2の提案を考慮した上、苦々しげに答える。

彼の乗り気な発言にO2は得たりと笑う。

「情報部によるメルクリウス号使用の許可をお願いします」

「メルクリウス……ッ！　馬鹿な。あれは非常時における中央本部の生命線だぞ！」

予想もしなかった情報部部長の要求に将軍たちがどよめく。

反O2派急先鋒の将軍が怒りのあまり、蒼白になって声を絞り出す。

「貴様……っ、分をわきまえろ。あの艦は、万が一玻璃宮に何かあった場合の移動用中央本部として建造されたものだぞ！」

「お言葉ですが、あれは情報部に所属する船です。玻璃宮からの移動は、中央本部総司令官ファイ元帥閣下の許可を得なければなりませんが、多数の宇宙海賊を一掃できるなら、はるばるヴァンダイク方面宙域までの航海に価値はあると思います」

「ファン元帥閣下！　私は反対です。メルクリウス号が破壊されるような事態になったら、取り返しがつきません」

そう言い切った白髭の将軍は、O2の冷笑に気づき激昂して立ち上がる。

「貴様っ！　今、鼻で笑ったな！」

「閣下は、我が連邦宇宙軍が船一隻を護衛する能力もないとおっしゃるのですか？　しかも、相手は烏合（うごう）の衆である宇宙海賊ですよ」

「な……っ！　そういうことを言っているのではないっ」

ひるむ巨漢のあとを、常に皮肉な物言いをする女将軍が引き取る。

「ねえ、O2。貴方は、自分の都合で動かすメルクリウスの護衛をしろというのかしら？　この私たちに対して……！」

「先程申し上げたように、多数の宇宙海賊がヴァンダイク方面宙域に移動していると思われます。にも関わらず、閣下が指揮をなさる宙域の安全が保証できないほど危険要因に満ちているとおっしゃるなら、自身で身を守るのはやぶさかではありません。ご存じの通り、メルクリウス号には充分強力な武装を施してありますので」

何人かが笑って手を叩き、言い負かされた形の女将軍を揶揄した。

地位が高い分、プライドも高く我が強い。各方面軍の将軍たちが集まると、毎度会議時間の何割かはこんな調子だった。

陰険な会話の応酬でも、結果的に意味のある話し合いになるのは、何を言われようと実利を取るO2と、彼のやり方に理解を示すファイ元帥の存在が大きい。

メルクリウス号は艦をコントロールするコンピュータのほか、戦略コンピュータ『メルクリウス』を搭載し、さらに一基しか発見されていない特殊な亜空間通信中継器も載せていた。

それは小型にして性能は通常の中継器と同じ。

宇宙要塞の中で日夜守られているほかの中継器は、すべて超弩級戦艦級の大きさがあった。

滅亡した種族の遺したオーバーテクノロジーである亜空間通信は、宇宙軍の専門家によって長い歳月研究されているものの、一向にめざましい成果が上がらない。

用途に応じて大小様々なサイズが造られる送受信専用機と比べ、全く解明の進んでいない中継器は小型化すらできなかった。

一般に中継器の研究が進まないのは、中継器の動力源が電荷を持って回転するブラックホールのせいだと考えられている。

ブラックホールにも寿命はあるものの、人間の寿命と比べれば永久動力機関に等しく、経費は要塞化した中継器の維持管理だけで済む。

処理能力を維持したまま小型化すると、極めて重要で貴重な中継器を私物化しようと企む人間に、持ち去られる危険が生じる。

その対策に警備を強化すると経費は増す。

銀河連邦議会では、中継器の小型化に研究開発のコストを払うより、新たな中継器を増やす方法を探すべきだという意見が大半だった。

だが一つだけ、戦艦搭載できるまでに小型化された中継器が存在する。

とある無人惑星の衛星に不時着し、大破していた大型船の残骸の中から偶然発見された。

ただし小型といっても広く知られている中継器と比較してのことで、戦艦の搭載機並みの大きさはある。

滅亡した種族の文明末期に現われた天才が小型化に成功した唯一の例なのか、小型化に成功したものの何らかの理由で闇に葬られたものなのか、はたまた小型化しても必要とする個体数が激減して見本だけに終わったのか――。

多くの仮説の中に正解があるのか否かもわからない。

発見直後から小型の中継器は情報部の管理下に置かれ、情報統制により存在を知るものはごく一部の人間に限られている。

専門家に存在を知られると当然、詳細な調査及び研究をさせるように要求されるだろう。すでに社会システムに組み込まれ、必要不可欠なものになっている大型の中継器とは異なり、小型の中継器はなくても困らない。

簡単に移動可能かつ解析装置にかけられる大きさで、結果的に使用不能になっても、現在の状況に支障をきたさないという理想的な存在だった。

だが、現在稼働していなくても中継器が貴重なものに変わりはなく、予備として存在するだけで非常に心強い。

研究者たちに委ねると解析装置にかけ、分解してデータを取り、構成する物質を分析しようとするだろう。

かつて送受信専用機をその方法で研究し、取り返しのつかない失敗をくり返した前例があるため、同じやり方は絶対に認められなかった。

送受信専用機は最初からサンプルが多数存在したため、安易に分解して調べた。分解したそれを組み立てても二度と作動しない。

当時の研究者は、中心部に存在する空洞に解析装置では読み取れない何かがあるのではないかと考えた。

検査機器の調査能力を超える超常現象には、超自然能力で対処する。透視能力のある超能力者と精神感応者(テレパシスト)を呼んで、分解していない送受信専用機内部の調査を依頼した。

その結果、精神感応者が形状も定かではない未知の何かが存在していることを感知し、その正体を突き止めるため、何人もの強力な精神感応力者が集められた。

最も繊細に精神感応を操る能力者が感知したそれは、異次元のエネルギー体だった。感情はないが、わずかな思考力があるという。

檻である装置の分解は、それを解放する行為にほかならず、当然二度と作動しなくなる。

エネルギー体の記憶らしきものを探り、それを空洞部分に捕らえる方法が判明したことで、送受信専用機は量産可能になった。

中継器も基本的に同じ構造だが、内部に捕らえたエネルギー体が異なり、それを装置内部に捕らえるのは長い時間と莫大な費用がかかる。

それをまかなうために送受信専用機の核を宇宙軍の専売にして、常時、中継器を二基から三基製作している費用にあてていた。

小型中継器が発見された時、第一報を受けた宇宙軍の部署に諜報員がいたことで、情報部が即座に情報統制に乗り出し、現物を押さえた。

それを可能にしたのが、Ｏ２の存在だった。

宇宙軍にＯ２より能力の高い精神感応者はいない。

内部調査のために、わざわざ玻璃宮の中央本部から情報部部長を呼び出すより、小型中継器を玻璃宮まで運ぶほうが、仕事の邪魔にならずに早く済み、秘密も守れる。

そういう経緯で、小型中継器はすみやかに玻璃宮まで運ばれてきた。

内部を〈視た〉Ｏ２は、中に囚われている高エネルギー体は希少なものだと告げた。

同じものを新たな装置の中に捕らえるべく試みようとも、現在銀河連邦が保有するテクノロジーでは、到底不可能だと断言までした。

唯一無二のものとなれば、研究材料として無駄にするわけにはいかない。

どのような有効活用が最良かと議論が始まるより先に、Ｏ２は小型中継器をメルクリウス号に搭載することを提案した。

玻璃宮の宇宙港にずっと係留されているメルクリウス号は、テロなど何らかの要因で中央本部の機能が麻痺した場合に備えて、知的機能が集約されている。

さらに宇宙軍専用の小型中継器があれば完璧に近い。

そして今、メルクリウス号を初めて実戦に投入する機会が訪れた——。

「わかった。使用を許可しよう。ファナド議長に大至急連絡を取り、あちらにも許可を頂く」

「ありがとうございます」

二人のやり取りを聞く将軍たちの表情にさまざまな感情が浮かぶ。

嫉妬、怒り、疑念、嘲笑、愉快。共通しているのは、誰もが興味を持ち、興奮を抑え切れないことだった。

ファイ元帥に権力が集中しすぎるのを銀河連邦議会議長が不安視した結果、小型中継器を装備に加えたメルクリウス号は情報部所属という変則的な管理になった。

メルクリウス号をどこの所属にしても、性能を利用してクーデターなどを起こされるようでは困る。

その点、情報部ならクーデターを起こそうにも、実戦に投入する兵士がほとんどいない。

「情報部部長。わかっているでしょうが、メルクリウス号を出すからには、生半可な戦果では許されませんよ」

今まで発言せず、静観していた一人の将軍が穏やかな口調で念を押す。

なめらかだが甲殻類を思わせる堅い皮膚は緑色、眼窩(がんか)にはめ込まれた黄色い目は白目のない複眼。せり出した額の眉間あたりから、細いワイヤーを思わせる二本の触手が長く伸び、頭頂を過ぎて弧を描く。

銀河連邦に加盟している惑星政府の中で、昆虫から進化した人類は少数派だった。

宇宙軍に入隊した同種族の兵士の中で、将軍にまで上り詰めたものは、銀河連邦宇宙軍の長い歴史の中でも彼が初めてになる。

高い身体能力に加えて、優れた知略と狡猾さで頭角を現わした彼は、情報部部長の能力を高く評価していた。同時に脅威だとも思っている。

自分の現在の地位を脅かすものがいるとしたら、肥大したおのれの誇りと権力を守ることに汲々とする同輩たちではない。

メルクリウス号を出すからには、相当に勝算があってのことだろう。それでも言質を取っておくに越したことはなかった。

相手の意図を悟ったO2は口角を上げ、温もりを全く感じさせない笑みを浮かべる。

「指揮は私が直接とります。目的はヴァンダイク方面宙域に集結している宇宙海賊の一掃と、軍内部にいる裏切り者の粛清(しゅくせい)。メルクリウス号の初陣にふさわしい成果をお約束しましょう」

肉体構造が異なる種族の、しかも同性の目から見ても美しいと感じる笑顔だった。——笑みに込められた迷いのない冷酷さゆえに。

情報部部長の本気に遅まきながら気づいた円卓のメンバーも身を固くする。

宇宙海賊に担当宙域を好き放題され、いまだ掃討できないヴァンダイク方面軍の体たらくに業を煮やしたO2は、自らその異能と特殊な戦艦を全力で現場に投入すると決めていた。

不思議なことに本部の官僚が何を勘違いしているのだと、嘲笑するものは誰もいない。

「図に乗ってヴァンダイク方面宙域を荒らし回る宇宙海賊の愚かさと、私欲に駆られ銀河連邦宇宙軍の名誉に傷を付けた裏切り者の卑劣さ、双方ともにおのれの身で贖わせましょう」

それは死刑宣告に等しい確約だった。

——楽しそうだな……。

情報部部長が他人の破滅を語るようすを見て、ファイ元帥と将軍たちは同時に思う。

円卓に座るメンバーで一人だけ、異議を申し立てるものがいた。

「待ってくれ！　君が指揮をとるというが、メルクリウス号一隻で多くの海賊船を掃討できるはずがない。それはヴァンダイク方面軍の艦船を指揮下に置くということか？　我々がそれを認めるはずがないだろう！　総司令官殿のいらっしゃらない席で勝手を言うな！」

ヴァンダイク方面軍総司令官代理として派遣されてきた男は語気を荒らげる。

何を今更という一同の冷たい視線が集中した。

女性の将軍の一人があきれたように問いかける。

「ノーティス中将。トルナード方面軍の戦績を聞いて、あなたは何も感じなかったわけではないでしょう？　中継器の故障によって生じた悪条件は同じ。数が多すぎるというなら、全体数に対して逮捕及び撃破の比率で考えれば——」

「考えるまでもなかろう。ヴァンダイク方面軍全宙域に展開する艦船すべての指揮官が無能とは思えない。とすれば０２の言葉通り内部情報を流している裏切り者がいる」

「しかも、かなり広域の情報が流れていますよね。裏切り者が宇宙海賊どもに連絡をするにしても、亜空間通信の不調を考慮して早めに伝える必要があります。艦長から前日もしくは当日作戦を伝えられる戦艦乗組員は、時間的に不可能です。それが、作戦を立てる側に裏切り者がいるという何よりの証拠でしょう」

各方面軍総司令官がその程度のこともわからず、職にとどまれるはずはない。

O2の言葉と最初に聞いた報告から、結論を導き出すのは簡単だった。

ヴァンダイク方面軍総司令官代理が蒼白になる。

「あなた方は……わが方面軍上層部に裏切り者がいると言われるのか……！　侮辱するにも程が――」

「あなたはもう気がついているはずだ、ノーティス中将」

冷ややかな声音が、中将という階級のわりに若く見える地球人の言葉をさえぎった。

O2は口調を和らげて続ける。

「急遽次席になったばかりで、作戦会議にもろくに顔を出したことのないあなたが、どうしてこの場に派遣されたのか。それは、あなたが何も知らないからですよ」

「まったく嘆かわしい。ESP法違反だというのに、そこの外道超能力者は必要とあれば即座に他人の頭の中をのぞく。さらに、それを誰もとがめないときた」

反O2派の将軍が憎々しげに言えば、なんでも興がる将軍が付け加えた。

「その程度のことは当然でしょう。現場組が反乱を起こさないよう監視するのも彼の仕事のうちなのだから。勿論、我々の身辺を常に調べている諜報員たちが叛意のきざしなしと報告しているあいだは、そんなマナー違反をして欲しくないけれど」

「イエス・マム。貴女のご信頼を裏切るような行為はしていないと、連邦軍旗にかけて誓いましょう。私は部下たちの報告を信頼しています」

情報部部長は軽く頭を下げる。

ほかの将軍たちは嫌そうな顔をしながらも、その答えにどこか安堵の雰囲気を漂わせた。後ろ暗いことは何もないが、自分の記憶や思考を他人に調べられるのは不愉快極まりない。

同じ敵と戦う戦友として、連邦軍旗にかけての誓いは絶対。如何に冷血な情報部部長でも、嘘はついていないと信じることにした。

巨漢の将軍が口髭に隠れて見えない唇を大きく歪める。

「つまりボリス・カンディンスキーは、Ｏ2に頭の中をのぞかれたら身の破滅だと知っていたから、この会議に何も知らない坊やを送り込んできたというワケか。――ハ！　最低な裏切り者の××め。Ｏ2、必要なら俺んトコの艦隊を貸すぞ。俺が鍛えた連中だから役に立つ」

Ｏ2個人に対する好悪は一時棚上げし、歴戦の勇士が荒っぽい言葉で協力を申し出た。

次々に同様の提案が続く。

最後にトルナード方面軍デン将軍がにっこり笑う。

「ヴァンダイク方面軍と最も広範囲に宙域を接するのはトルナード方面軍だ。移動時間や遠征経費を考えると、我が方面軍が適任だろう。喜んで協力させてもらう」

「合理的な判断だ。ということで、ヴァンダイク方面軍に関わる問題の解決に協力するのはデン将軍とし、ほかの方々にはメルクリウス号の安全航行の保証を願いたい。よろしいか？」

ファイ元帥の出した結論に、ノーティス中将を除く全員が同意する。

このまま会議の終了が宣言されるだろうという雰囲気の中、昆虫から進化した種族の将軍が質問の手を挙げた。

「最後に一つ疑問が残っている。……同輩の諸兄にうかがいたい。我々は地位も名誉もあり、報酬も決して悪くない上に退役後の年金も充分な額だ。それなのに何故、カンディンスキー将軍は宇宙海賊などと結託し、宇宙軍を裏切ったのだ？」

わずかな沈黙ののち、将軍たちは一斉に首をひねる。

皆、不可解な面持ちでぶつぶつ独り言めいた推論をつぶやき出す。

「横のつながりは多少あるようだが、宇宙海賊全体をまとめる組織があるという話は聞いたことがないな……」

「何か弱みを握られて脅迫されているのでは？」

「金・名誉ときたら残るは女――いやいや、これはあくまで一般論ですから、そんなににらまないで下さい」

「長く続くなら薬か、洗脳か……」

やがて、一同の視線はO2に向けられた。

いかなる時もスクリーン・グラスをしたまま決して目を見せない男は、薄く笑ってその視線を受け止める。

「カンディンスキー将軍が宇宙軍を裏切った理由について、部下からの報告はありません。ノーティス中将に心当たりは？」

「いえ、私は……！　個人的に親しくはありませんので……」

「O2！　貴様のことだ。絶対に知っているはずだ！」

理不尽としか思えない主張に対し、意外にも賛同を示すものたちが多い。

O2は軽く肩をすくめる。

「彼の重大な背信行為にどんな理由があるにせよ、結果がすべてではありませんか？　今回の件はクーデターに匹敵、あるいはもっとまずい不祥事です。宇宙軍に対する信頼を大きく揺るがしますから、皆さんにはくれぐれも口外なさらないようお願いします」

「同感だ。銀河連邦議会に知られると宇宙軍の来期予算に大きな影響が出るのは間違いない。絶対に外部に漏れないよう、諸君には特に慎重な対処を望む」

言外に内々で処理すると伝えた情報部部長の配慮を受け、ファイ元帥も全員が問題意識を共有するように言い渡す。

だが、最初に質問した将軍は食い下がった。

「知っているなら教えて欲しい。彼個人の問題なのか、種族特有の理由なのか、普遍的なものなのか。おのれも裏切る可能性のある原因なら、今後の戒めとして知っておきたい」

「くり返しますが、部下からの報告はありません。私が総合的に考えて、おそらくそれが原因だろうと思うものはあります。普遍的な原因だとだけ言っておきましょう。おそらく、この場にいるものの大半がカンディンスキー将軍と同じ陥穽（かんせい）にはまります。なので、これ以上は追及なさらないように願います。知らないほうが幸せなのは、カンディンスキー将軍を待つ破滅で容易に想像できるはず」

それが何か知りたいと思う人間に口をはさむ隙を与えず、一気に話したＯ２は、名状しがたい笑みを浮かべる。

死神もかくやと思う無慈悲な氷の微笑だった。なまじ稀有な美貌だけに物理的な冷気さえ覚える。

詮索一切無用。

背中に冷たいものを感じつつ、将軍たちは無言でうなずくしかなかった。

亜空間通信の中継器に生じた故障は、一ヵ月ほどで修理が完了するが、それまで私用の通信はほぼ禁止、公用もしくは商業用も厳しく内容が精査される。

最初、惑星政府の発表はそれだけだった。

一般市民は高額な使用料を請求される亜空間通信を利用せず、定期貨物船がまとめてデータを運ぶディスク・メールを利用するので影響はない。

輸出入に関わる仕事をしているものや、銀河系のニュースを速報で提供する会社は、業務に多大な支障をきたす。

彼らも修理に半年か一年はかかると言われたら、死活問題になると関係機関に強く抗議し、業界団体を挙げて圧力をかけることも考えるが、区切られた期間が一ヵ月なら努力でなんとか耐えられると判断した。

株が急落した輸出入の関連会社に対し政府が支援を表明したことで、それらも持ち直す。

ほとんどの市民が自分に影響はないし、一ヵ月などすぐ過ぎ去ると思っていた。

だが、宇宙海賊が定期貨物船を襲撃したというニュースは、市民の思い込みを打ち砕いた。

定期貨物船だけでなく客船、個人のチャーターした貨物船が次々と宇宙海賊に襲われ、緊急避難措置として定期貨物船の運航が停止した結果、ディスク・メールのみならず精密機械やその部品の輸入が途絶える。

市民が自分たちの生活に影響があるのだと実感した時、パニックが起こった。

バーミリオン星が銀河系の辺境に位置する惑星でなければ、危機感はそこまで大きくなかっただろう。

孤立感が、食料品や生活必需品の買いだめという自衛につながる。

食糧は自給自足でき、生活必需品も製品及び原材料の在庫が豊富にあるので、輸入が停止しても当分影響は出ないと政府が何度くり返しても、買いだめや売り惜しみはやまない。

品薄感が、流民街に近い一軒の商店の略奪を招く。そのニュースが引き金となって、バーミリオン星の治安は一気に悪化した。

都市警察は略奪や暴動の鎮圧に追われ、日常生活からどんどんかけ離れた状態に陥る。

惑星議会が非常事態宣言を採択し、夜間の外出禁止令が出された。

略奪は厳しく取り締まられたが、なかなか下火にならない。流民街という治安の悪い地域と一般市民の住むイエロー・タウンが隣接しているのが原因だった。

流民街マフィアが一般市民にまぎれて煽動し、略奪を行なうので切りがない。

パニックに陥った市民は、宇宙海賊の跋扈を許す宇宙軍にも怒りの矛先を向ける。

カーマイン基地は幸いなことに都市部から離れたところにあるため、暴徒が押し寄せる事態にはならなかった。

だが、日夜激しい抗議が殺到する。

やむなく基地は外部からの通信回線をすべて遮断し、すべての門を閉ざした。

シャトルの発着がない宇宙港は閉鎖され、空港利用者は入る時に厳しい持ち物チェックをされる。

流民街マフィアのせいで爆弾テロも起きていた。

それがジャグモハン・アロラの第一報から半月の状況だった。

「大人しく待っていれば、なんの問題もないのにどうしてこうなるかなぁ」

本部ビル二階のプロジェクト・ルームで、ニュース映像を見ていたルシファードは、あきれてつぶやく。

パソコンのモニターには、百貨店から商品を略奪する市民の姿が映し出されていた。

椅子に座って眺める彼の背後に立ち、コーヒーを飲みながら同じ画面を見ていたマルチェロが苦い顔をする。

「群集心理というヤツだな。みんなが略奪しているのに、自分だけ大人しくしているのは損するだけだと思う。この場限りのつもりだし、みんなやっていることだから大した犯罪にはならないとでも考えているんだろうな。だが、これは情状酌量（しゃくりょう）の余地なし。立派な集団強盗だ」

「バカだよねー。ま、この程度で理性飛ばす連中は、日頃から犯罪に対して抑制する心のハードルが低いんだけど」

「お前がそれを言うのか？」

「えー？　俺、こんなチョロいことしねえよ？　そもそも金にまったく困ってないし。第一、こんな頭の悪い粗暴な連中を仲間にしたら、あっという間に調子に乗って、あっという間に足が着いて逮捕されるか、射殺されるぞ。それじゃリスク犯す意味ねーじゃん」

突っ込みどころ満載な友人の発言を聞いて、憲兵隊隊長はターコイズ・ブルーの目を虚空にさまよわせた。

どこから突っ込むべきか。いや、断固叱りつけるほうが先か。だけど本当にこの性格が矯正可能なのだろうか。

マルチェロは一瞬で色々あきらめ、話を略奪に戻す。

「今のところ都市警察は、逮捕はしても射殺まではしていないようだ。イエロー・タウンの繁華街に遠征した流民街マフィアが店の襲撃を始め、野次馬の一般市民が尻馬に乗って略奪に加わっているという形だな。見た目で区別がつかないから、都市警察も一般市民に銃口を向けて安易に発砲するわけにもいかない。辛いところだ」

「ありゃ、現場での乱闘で都市警察側にもかなり怪我人が出ているって。非力なガーディアンたちは治安維持に出動しないだろうが、ウンセット部長あたりは大活躍していそー。あの突進力、装甲車並みに迫力あるからなぁ」

「俺たちも他人事みたいな口をきいていられなくなるぞ」

ルシファードは頰杖をやめて、肩越しに友人を見上げた。

「カーマイン基地にも治安維持の協力要請が来たのか?」

「ああ。惑星大統領閣下から、基地司令官殿に対して正式に。食糧製造工場の警護をして欲しいんだと」

「惑星軍はアイボリー大陸で手一杯だろうし、食糧の自給自足が崩壊したら、宇宙海賊を掃討しても食糧危機に直面する。なんとしても死守すべき生命線だな。つーか、そんなところを本気で襲うつもりの阿呆がいるのか?」

「ネットで阿呆を煽る馬鹿野郎がいるようだ。都市警察は街の治安維持をするだけで、製造工場まで手が回らないから、食糧取り放題だとな。略奪する奴らは、自分の分さえ確保できればいいと思っている上に、それがタダで手に入るなら最高なんだろう」

「わーお、頭の悪さもマジ、サイコー。工場破壊ガチ上等。クソ都市警察くたばっちまえ、市民全部飢え死にしちまえ、チェケラッ」

「ふざけて面白がる状況か、こら」

ワルぶって粋がる若者たちと対極にいるような男の不謹慎な物真似に、注意するつもりがマルチェロもつい笑ってしまう。

反社会的ポーズではなく、素で悪いことを悪気なくやってのけるルシファードは、何でも知っている憲兵隊隊長に尋ねる。

「ところで、マルっち。基地の食糧備蓄はどうなっているか知ってる?」

「基地内全将兵の十日分。ただし古くて喰えるかどうか怪しいもんだ」

「……そんなことだと思ったー。ドケチのブレッチャー司令官が、使うかどうかもわからない非常用保存食を買い換えてくれるはずねーわなー。こうなると他人事じゃないか」

「そういうことだ。あの惑星大統領閣下にまた便利に使われるのは業腹だが、食糧問題は一蓮托生だから仕方がない。ただし、お前は基地の外に出るな」

マルチェロの言葉を腕組みして考えた男は、やや間を置いて質問する。

「それって、押し寄せる暴徒をさくっと皆殺しにしそうだから、とかそーゆー意味で？」

「たわけ」

即座にマルチェロは、目の前にある形のいい黒髪の頭に手刀を見舞う。

「……痛ぇな。だったらナニ？」

「〈イヴル〉の奴らが、お前が出てくるのを期待して流民街マフィアに生産工場を襲わせる可能性があるから、やめておけと言っているんだ。奴らにとっても食料品の生産工場を破壊するメリットはない。それでも襲撃するなら、宇宙軍の出動を期待してのことだろう」

「成程。だけど〈ザ・ビースト〉が出てきたら、俺が相手をするしかねーぞ？　奴がこの惑星に来た目的は、そんなものじゃないとは思うけど」

「とりあえず亜空間通信の中継器が直るまでは持ちこたえないとな」

「宇宙海賊対策に限って言えば、いくらなんでも宇宙軍のお偉方が動き出しているだろ。ヴァンダイク方面軍がまともに掃討できなくて、宇宙軍の威信が絶賛失墜中だ。ほかの宙域からも応援を頼んで、一気に片付けるだろう」

「是非そう願いたいもんだ。宇宙海賊が好き勝手に暴れていると聞くと、物凄く腹が煮える」

「ジャグという被害者がそばにいるから、なおさら猛烈にムカつくよな」

現在は地上基地勤務だが、二人ともかつては戦艦に乗っていた。

戦艦勤務を経験した宇宙軍兵士で、宇宙海賊がどれほど卑劣で許し難い存在かを知らないものはいない。

宇宙軍に所属する戦艦の主な任務の一つとして、航路の安全維持が挙げられる。

客船や貨物船の定期航路を安全に航行できるよう、航路周辺をパトロールをしながら宇宙海賊の襲撃を常時警戒する。

そのお陰で完全ではないにせよ、定期航路の安全はほぼ保証されていた。

ただし、定期航路は各輸送会社がスケジュール調整し、航路が過密状態になるのを回避している。ワープ・アウトした際、近くを航行していた宇宙船を亜空間に引きずり込むような事故があってはならない。

定期航路は、個人の宇宙船や定期便を運行できない中小の輸送会社も利用できるが、公共性の高い大手輸送会社の定期便が優先される。

従って、定期航路宙域の航行を許可されなかったイレギュラーな利用者は、なるべく安全に航行するため定期航路宙域の近くを通った。

それを狙って宇宙海賊が襲う。

宇宙海賊の目的は二つ。高価な積み荷と金になる人間。

襲った貨物船の積み荷を根こそぎ奪うということはほとんどない。積み替えているあいだに救難信号を受信した宇宙軍の船艦が駆けつけるからだ。

無力化した獲物から、積み荷を高価な順に時間の許す限り奪い、身代金を取れそうな人間を誘拐する。

積み荷だけ、人質だけ、両方とも狙うもの。宇宙海賊は犯行をくり返すうち、船長の考え方や略奪品のさばき易(やす)さで略奪のやり方が決まってくる。

宇宙海賊は、被害に遭った宇宙船に残された映像などの証拠から、犯行が特定でき次第銀河系全域に指名手配された。

それにより手配犯と判明すると通報されるため、宇宙港に入港できなくなり、補給や修理も受けられなくなる。

だが、金になる限り抜け道はあり、今日に至るまで宇宙海賊は根絶できていない。

一番捕まりやすい人質と身代金の交換は、手数料を取って両者を仲介する組織が出現した。人質の無事を保証する代わりに誘拐した側の情報は与えない。

身代金を受け取りながら人質を殺したり、戻さない悪辣な宇宙海賊が多い中、仲介組織は必要悪として勢力を拡大し、中には宇宙海賊から秘密裏に人質を買い取るところもある。

宇宙海賊に誘拐され、身代金と交換に解放される人間はまだ幸運なほうだった。

貨物船ではなく客船を襲う宇宙海賊は、ほとんどが人身売買組織と関係している。

それなりの身代金が取れる人間は仲介組織と交渉し、ろくに期待できない人間は人身売買組織に売り渡す。

客室に隠れて誘拐を逃れようと考えても、宇宙海賊は襲撃した客船を破壊していくので誰も助からない。

襲った宇宙船をすべて破壊し、証拠隠滅をはかる凶悪な宇宙海賊もいる。

短時間で襲撃から完全な破壊までを行なうため、ろくな武装もない中型から小型の宇宙船だけを狙う。

大した儲(もう)けにならない時は、立て続けに何隻も襲うので被害は決して小さくない。

強力な護衛船を雇う財力のない中小規模の輸送会社や個人所有の貨物船もしくは客船が、たまたま近くに宇宙軍の戦艦が航行していないところを狙われて被害に遭う。

宇宙軍の戦艦が、宇宙海賊襲撃を知らせる救難信号を受信し、大至急駆けつけたものの、発見したのは犠牲になった宇宙船の残骸だけということも多々ある。

そんな現場にいくつも遭遇するうち、宇宙軍兵士の心の中には宇宙海賊に対する抑えがたい憎悪がはぐくまれていき、ほどなく不倶戴天の敵が出来上がる。

パトロール中に指名手配されている宇宙海賊を発見しようものなら、艦橋にいる兵士たちが拳を握って熱く叫ぶ。

『よっしゃーっっっ！　ブッ殺せ――――っっっ！』

どちらが宇宙海賊かわからない獰猛な雄叫びには、女性兵士たちも加わる。

しかしながら犯罪者のあちらと異なり、こちらは連邦法と軍法に従わねばならぬ身。

一度は必ず、宇宙海賊に投降勧告をすることが義務づけられている。

戦闘行為はすべて記録されているので、勧告を行なわず問答無用で攻撃した場合、たとえ相手が宇宙海賊であっても艦長は罪に問われた。

当然のことながら相手が先に攻撃してきたら、その限りではない。

たとえ投降しても海賊行為が重罪なのは変わらない。有期刑が複数加算され事実上の終身刑になるか、死刑の二択。

例外的に司法取引があり、その貢献の程度でかなり減刑される。今までの犯罪歴次第では釈放される可能性もあった。

血に飢えた宇宙軍兵士たちは、当然のことながら宇宙海賊の投降など望んでいない。

この場を逃れようとする宇宙海賊と戦闘になり、宇宙軍側に相当な犠牲が出たとしても、多くの被害者の恨みと無念を晴らすため、忌まわしき海賊船ごと宇宙のゴミにしてくれる！と猛り立っている。

そして、望み通りめでたく戦闘に突入し、宇宙海賊を船ごと木っ端微塵にしてのけた時は、ちょっとしたお祭り騒ぎになった。

艦内に連邦軍軍歌が流れ、一同は声をそろえて歌った後、万歳の嵐。

その日の食事には祝い酒が添えられ、飲み足りないものたちは持ち込んだ私物の酒で酒盛りをした。

宇宙軍に入って良かったと思い、戦友たちと心から喜び合ったあの時――。

誰も見ていないコンピュータのモニターは、イエロー・タウンで続く争乱のニュース映像を延々と流している。

ルシファードは大きなため息をつく。

「せっかく殺り放題なのに、そういう時に限ってどうして俺、地上勤務なんだろ」

「言うな。今、俺もそっくり同じことを考えた」

苦々しくマルチェロもうなった。


その頃、ヴァンダイク方面軍宙域に跋扈する多数の宇宙海賊を一掃すべく、宇宙軍が行動を開始していた。

事前に総攻撃の情報を知った宇宙海賊たちが逃走しないよう、関係するものには厳しい箝口令が敷かれている。

連邦宇宙軍本部のある惑星・玻璃宮では戦艦メルクリウス号が出航しようとしていた。

ファイ・エン・ト元帥の全権を委任され、メルクリウス号に司令官として乗り込んだオスカーシュタイン少将は、愚かな裏切り者の尻ぬぐいする自分の立場に何の感慨もなかった。

強いて言うなら、これから果たさねばならない義務と戻ったら溜まっている仕事の山を想像して、多少面倒に思う程度か。

短期間で宇宙海賊と裏切り者を一掃するためには、彼の異能とメルクリウス号が必要不可欠なので、情報部の仕事から離れるのも仕方のないことだった。

カンディンスキー将軍はあるものを欲し、それを入手するためにヴァンダイク方面軍宙域を混乱させていた。

それが何かO2には予想がつく。

カンディンスキー将軍の望みが叶うか否かに興味はないが、連邦宇宙軍の一員として宇宙海賊を利する裏切り行為は看過できない。

将軍は別の組織に頼り、本来自分の属する宇宙軍という組織を敵に回して失敗した。宇宙軍は将軍について多くの情報を持っている上、周辺にも大きな影響力を持つ。

現にO2は部下を動かして、必要な情報と証拠を集められた。違う組織を相手にしたら、潜入から始めなければならず、こんな短時間で目的を果たすのは難しい。

将軍の間違いは欲望で結びついた組織を頼ったことだ。

そんな過ちを犯さなければ、長い間組織に貢献したカンディンスキー将軍を宇宙軍は退役した後も大切にしただろうに。

今回の件で失脚すれば軍法会議で裁かれ、宇宙軍刑務所に収監される。

欲望を共有していた組織は、利用価値のなくなった将軍を簡単に切り捨てるだろう。

よくある話だ。愚かな裏切り者に同情する気は欠片（かけら）もない。

Ｏ２自身、どんな手段を使っても欲しいものがあった。

多分もうすぐ手に入る。——ルシファードのお陰で。

だから息子を楽にさせるため、少し自分が働いてもいいだろうと思う。

メルクリウス号の艦橋には、船長席の後ろに司令官席がある。艦隊の旗艦などに見られる構造だった。

乗っている戦艦の操船指揮は船長に任せ、司令官は全体を俯瞰して命令を出す。

出港準備はすでに整い、船長の号令の下にエンジンが起動する。

司令官席に座っているＯ２は、搭載されている戦略コンピュータ『メルクリウス』と精神感応（テレパシー）を使って接触した。

メルクリウス号の使用許可が正式に下りた時点で、入手した情報は全部渡してある。

追加の情報を伝えたあと、二つの〈頭脳〉は今後の予定と不確定要因について、思考の速度で話し合い始めた。

5

サイバーボードを手にした軍病院の外科主任医師は、ベッドに横たわり点滴を受けている怪我人を見下ろし、明るく笑って問いかけた。

「ねえ、スノーリ。あなた、自分の分厚い皮下脂肪を防弾チョッキと間違えていませんか?」

「……いいえ、決してそんな……」

「しかし、いくら皮下脂肪たっぷりの体が重くとも、さすがに八発もの銃弾を避けられないほど鈍くさいにも程がありませんか?　それともマゾなのですか?」

「……いいえ、決してそんな……」

救急搬送で運ばれてきた都市警察のスノーリ・ウンセット部長は、強力な痛み止めで意識が朦朧(もうろう)となりながら担当医師の質問に答えている。

緊急手術を受けて麻酔から覚めた彼が最初に目にしたものは、青緑色の神秘的な色の髪に縁取られた凄艶な美貌だった。

天使にしては妖艶すぎ、悪魔にしては白衣が似合いすぎる。

大量の輸血によってようやく血の気が戻ってきたスノーリは、イエロー・タウンの暴動鎮圧に出動し、一般市民に混じって略奪していた流民街マフィアに撃たれた。

止血の応急処置を受けたあと、かなり危険な状態に陥りＶＴＯＬで軍病院まで運ばれた。

本人に意識はなかったが、知己であるドクター・アラムートが執刀したのだろう。

頑強な肉体だけが取り柄だったのに、手術の天才と評判の高い外科医に手術してもらう日がくるとは思わなかった。

琥珀色の双眸が、患者とコードで繋がれた計測機器のデータを素早く読み取る。眼鏡越しに見える縦に長い瞳孔が、地球人とは異なる種族だと暗に告げていた。

目だけではなく髪の色も、真珠の光沢を帯びた肌も、そして寒気を覚えるほどの美貌も地球人からは生まれない。

人外を思わせる美貌の持ち主なら、この基地にもう一人いた。

痛み止めで霞のかかった頭では、あの長ったらしい名前が出てこない。

軍人にあるまじき長い黒髪に目元を隠すスクリーン・グラス。あれを外すと冗談ではなく、人の魂を奪う綺麗な顔をしていて、まさに悪魔の如き美形なのに中身はやんちゃで――。

「……ーリ、スノーリ。聞いているのですか？」

「あ、すみません……」

黒髪の大尉の名前を懸命に思い出そうとしていた男は、ぼんやりと医師を見上げる。

サラディンは形のいい眉をしかめ、再度同じ質問をした。

「左大腿部を撃ち抜かれていた分際で、付き添いだと言い張っていたあなたの部下から、信じがたい話を聞きました。あなたは一度二発撃たれたあと、周囲が止めるのを振り払って再度暴徒に突進して行ったそうですが、それは本当ですか?」

「……はあ」

「ひょっとして、あなたはバカなんですか? この程度のヘナチョコ弾で死ぬような俺さまじゃねえぜとか粋がるヒーロー気取りの超絶痛いバカなんですか?」

美貌の外科医が息継ぎなしの長ゼリフで辛辣に尋ねる。

一字一句違わず、その通りの内容を考えたウンセット部長は、顔をしかめて苦痛にうめく。

本当に痛い。心が。

「ちなみにあなたの部下も入院して、全治十日間の車椅子生活です。あなたは一ヵ月。ザマーミロですね。メタボリック・ヒーロー殿」

「ちょっ……! ちょっと待ってくれ。俺の部下たちは、全員命の危険覚悟で現場に出ているんだ。部長の俺がこんなところで、呑気に寝ているワケにはいかない……っ!」

「残念ながら、あなたはこんなところで呑気に寝ているしかないんですよ。大方、太りすぎで特注で作った防弾チョッキも着られなくなり、仕方なくそのまま出て行ったのでしょうが、その代償は高くつきましたね。元通り治るように頑張った私の努力を無にしないで下さい」

「……そんなに？」

「ええ。平均的な技量の医師による執刀でしたら、回復後も残る機能障害によって退職に追い込まれていたでしょう。軍病院に連絡したあなたの部下は、広い横幅でいい射撃の的になった上司より余程賢明でした。ただし調子に乗って無理をすると、腸閉塞(へいそく)を起こして再手術する羽目になります。いわゆる自業自得ですが、そんな大馬鹿者はのたうち回って苦しめばいいという考えの担当医は、再び執刀する気なんてサラサラないのでよろしく。我々の治療方針には、大人しく従うほうが身のため……もとい回復への早道ですね。しかも一ヵ月間病院が提供する食事だけを食べ続け、後半からリハビリにも励めば効果的なダイエットにもなります。せっかく特別注文したのにパッツンパッツンで、前が全然締まらなかった防弾チョッキが着られるようになるかもしれません。良いことずくめではありませんか」

淡々と色々えぐられて、体以上に心が穴だらけのズタボロ。

このまま言葉の礫(つぶて)を受け続けたら、精神的なダメージで生きる屍(しかばね)になりそうだ。スノーリ・ウンセットは弱々しく重傷者アピールをすることにした。

「……ドクター。体が弱っているところにキツイお言葉は、生命力がごっそり減ります。……少しだけ……もう少しだけ……優しく扱って頂けませんか？」

「ほう。優しい扱いを希望すると？　よろしいでしょう。——ミズ・バーレイ」

外科主任はおもむろに指を鳴らす。

病室内で計測機の調整をしていた若いナースが、合図を聞いてすぐに寄ってきた。

「イエス、マイ・ドクター！　お呼びで？」

「彼は優しく扱って欲しいそうです。適当によろしく」

「了解であります！　それでは手始めに尿瓶などからソフトに責めてみるのは？」

「結構ですね。ありですよ、それはあり」

患者と外科主任の会話を聞いていたノリのいいナースは、明るく楽しげに提案する。

「やめてー……っ。お願いだ、頼む、やめてくれぇ……俺が悪かった……っ」

「いい悪いじゃありませんよぅ。身動きできないあいだは、大小全部――あれ？　アラムート先生。患者さん、心が真っ白に燃え尽きちゃったみたいですね。打たれ弱〜い」

「いいえ。瀕死の重傷だったわりには元気で、逆に私は驚いています。これなら頑健な肉体を過信するのもわかります。八発も至近距離から撃たれて生きているのですから、ある意味不死身のヒーロー並みに撃たれ強いのかもしれません。おそらく回復も早いでしょう。しかしながら治安が悪化しているせいで、軍病院に来られないウンセット夫人の願いでもありますし、スノーリには少し懲りてもらいませんと」

「及ばずながら、我々も協力させて頂きます。ぐいぐい責めますよぉ〜」

ミズ・バーレイは握り拳の親指を立てて、ウインクまでバッチリ決める。

彼女たち外科ナース軍団は大変頼もしい相棒なのだが、少々やり過ぎる傾向があった。

「変な方向に目覚めてしまうと、あとで私が夫人から苦情を言われるのですが」

「あー、それぱっかりは何とも言えませんね。本人の脂質もとい資質もありますしー」

「カーマイン基地の迷彩ゴリラと同じく、スノーリも典型的な脳筋ですからマゾの素養はあると思いますよ」

「脳みそ筋肉、腹は脂肪の防弾チョッキ。矛盾していませんか？」

「超多忙勤務の脳筋管理職です」

「おお、典型ですね。でもって心筋梗塞まっしぐら」

大いに納得するミズ・バーレイの導き出した結論に、サラディンはシーツを盛り上げるウンセットの太鼓腹を見下ろす。

「執刀した時に目にしたようすでは、アルコールの過剰摂取による肝硬変からの肝臓ガンのほうが先かもしれません。アルコール中和剤が効きにくい体質なのか、わざと酔いたくて中和剤を飲まなかったのか。被弾して半分切除した肝臓では、そんな無茶もできないでしょう」

「ポンコツがさらに残り半分ですかぁ。それじゃ、入院しているあいだに心臓と肝臓を培養して、すぱっと付け替えちゃったらどうですかぁ？　職務中の負傷ですから肝臓移植の費用は都市警察から出ますよねっ。心臓だけ自腹になりますけど、肝臓と一緒の手術ですしお安くなりませんかね？」

「ふむ。夫人とお会いしたら、生命保険の特約はどうなっているか、うかがってみましょう」

イエロー・タウンにあるウンセット部長の自宅はパープル・タウンに近い地域なので、流民街に接しているエリアほど危険ではない。

それでも万が一のことを考慮して、都市警察の署員に護衛してもらった上で後日見舞いに訪れるということになった。

短い失神から覚めたウンセット部長は、寝台の傍らで交わされる担当医とナースの会話の恐ろしさに意識のないふりをしていた。

このまま軍病院に入院していたら改造人間にされてしまう。

そう思ったら、ちょっとときめいてしまうスノーリ・ウンセットは、子供の頃から戦隊物と変身ヒーロー物が大好きな特撮オタクだった。

――いかにも悪の組織の大幹部にいそうな白衣のドクター・アラムートに魔改造されるのは、もはや男のロマンかも……っ！

注・魔改造に適用される保険は存在しません。

注・軍病院は、患者に健康を取り戻して叩き出す普通の病院です。

「それじゃ摘出した肝臓をサンプル保存して、培養メーカーに予約発注かけておきます」

「どうせ都市警察が支払うなら左の腎臓も付け替えておきますか。最善は尽くしましたが、さすがに培養した新品には及びません。……一番時間がかかったのに……」

「まあまあ。超絶技能も使わないと錆びます。いい練習だと思えば」

「この病院では錆びる暇などありません」

「ですよねー」

　サラディンの携帯端末が鳴った。

「はい、アラムートです。……はい……成程。容態は？　……わかりました。お待ちしています。――搬送途中で死ねばいいのに」

「緊急搬送の連絡からの即座に本音ですか。先生。人の命を預かるお医者さんなんですから、いくら思っても言っちゃいけないことはあるんですよ」

　優しく諭すように言うミズ・バーレイ。ブッ飛んでいても魂は白衣の天使だった。

「徒党を組んで商店を略奪し、取り締まる都市警察の警官たちに向かってさんざん発砲した挙げ句、仲間の跳弾に当たった人間のクズですよ？　ひょっとしたら一発くらいスノーリに撃ち込んでいるかもしれませんよ？」

「わお！　治療費取りっぱぐれる典型的なケースじゃありませんか！　ヴァン・ユー病院長が激怒しますよ。そして予言してもいいですが、助かったら助かったでナースにセクハラしやがるクソ野郎です、きっと。搬送途中で死ねばいいのに。てかマジで死ね害虫」

「まったく同感です。――さて、その害虫が悪運尽きず、虫の息でも生きてたどりついた時のために、緊急手術の準備をしておきますか」

「そうですね。それでは、お先に失礼します」

本気で患者の死を願っていた白衣の天使が、病室を出て行った。死を願っても、生きている限りは見殺しにせず治療するつもりらしい。

個人的な思惑と仕事は別。その点でも医師とナースはプロだった。

サラディンは、ベッドの専用ホルダーにサイバーボードを入れ、目を閉じたままのウンセットに話しかける。

「しばらく家族以外は面会謝絶ですが、合併症の危険が去ったらオスカーシュタイン大尉に顔を出すよう、伝えておきます。退屈でしょうからね。――お大事に」

タヌキ寝入りがばれていた。

痛み止めが効いた状態でも体のあちこちが痛む。寝返りさえ打てない。

暴徒が略奪している現場で意識を失う少し前から、倒れたきり身動きできなくなっていた。

これは死ぬなと覚悟したので、ここで目覚めてサラディンの顔を見た時は正直驚いた。

仕事も部下たちのことも気になるが、シモの始末さえ自分でできない有様では、大人しく治療に専念するしかない。

今回の負傷は妻に多大な心労を与えたと思うので、健康になって退院したら、まず最初に妻への謝罪と感謝を態度で表すべきだろう。

深い眠りに墜ちる前、スノーリ・ウンセットは穏やかな気持ちでそんなことを考えた。

食事を終えたマルチェロ・アリオーニ大尉は、半発酵茶を飲みながら、向かい側の席に座る婚約者を満足げに眺める。

少量の料理が何種類も出てくるコースは目にも楽しく、美しい盛りつけや異なる味が次への好奇心をそそる。

日頃は偏食で小食な婚約者も、珍しさと次々に新たな皿の出てくる慌ただしさで、マルチェロに勧められるがままに料理を小皿に取っていた。

彼女は自分の分として取り分け、一度口にしたものを残すような不作法はしない。

結構な量を食べさせることに成功した。彼女の食の細さを改善しようと決心しているマルチェロは、心の中でガッツポーズをする。

——よし、ミッション・クリア！

今夜のように仕事が終わってすぐなら、これからも食事に連れ出せるだろう。

食後のデザートのあたりから、二人の会話はバーミリオン星の発展の歴史からカーマイン市の食糧問題に移っていた。

食糧生産工場の警備依頼が来るほど事態が悪化している今、固い話題なのはやむを得ない。

「最初から都市に人口を集中させ、コンパクトに効率よくインフラ整備を行なったのは、決して間違っていません。インフラの初期投資を効率よく回収できますし、メンテナンスも必要な部分にのみかかるなら、必要経費ですから」

「バーミリオン星の失敗は、都市の発展とは関係なく、流民街というイレギュラーなエリアが生じてしまったことだな。しかもコントロール不可能な勢力になってしまった」

「これは私の想像でしかありませんが、宇宙警察の目の届きにくい辺境惑星という点に着目した犯罪組織が、構成員を家族ごと送り込んできたのではないかと思うのですが……」

「成程！　犯罪組織がらみの強制移住なら、短時間で流民街を形成できるほど集団がまとまった理由もわかる。不法移民になるのが目的とは、考えもしなかった逆転の発想だ。インフラを勝手に整備するには相当な金がかかる。受益者の不法移民たちから搾り取るにしても、そこまでの金額をよく集められたもんだと思っていた。最初の金の出所が、移民を強制したほかの惑星の犯罪組織なら不思議はない」

憲兵隊隊長は、リンゼイ・コールドマン中尉の発想に対し、やや興奮気味に応じた。

カーマイン市の規模と比較して、スラムを含む流民街が不自然に大きすぎると不審に思ったことはある。

人間が集まるところに犯罪が生まれるのは道理でも、できたばかりのカーマイン市はそこまで発展していない。

結局、厳しく審査される正規の移民は募集した数に満たなかった。第一次募集が定員割れした惑星の第二次移民募集は行なわれていない。

募集するだけ経費の無駄と判断されたのだろう。

一時期大量に押し寄せた違法移民が大目に見られた時期があった。

有効活用されていない広大な土地があるので、違法移民も定住して何世代か経過すれば、惑星バーミリオンの大地に生きる一員となる。

人口の少ない辺境惑星は問題が山積していた。

経済活動の規模が小さく、得られる税金は少ない。限られた税収で行なう行政サービスには優先順位がある。

都市警察が守るのは、納税者であるツイン・シティーズの住民だけだった。

都市警察の手が回りきらない市街地に犯罪者や違法移民が集まり、独自に街を作って暮らし始めるのは、当然のなりゆきだろう。

今まではそう思っていた。

だが、地下に埋まっている巨大宇宙船の残骸は、地上に流民街があるため惑星政府に存在を知られなかった。

隠すために流民街が発達したのだとしたら。

——なるほど、そうつながっていくのか。

過去に遡った推測で、現在の状況に何か変化を及ぼすわけではないが、単純に面白い。

思考パズルのピースが、新たに一つ埋められる。それに対して新鮮な驚きと悦び、知的興奮があった。

ルシファードもこの仮説を聞いたら、きっと今の自分と同じ状態になる。

今回マルチェロをこんな気持ちにしてくれたのが、いつもの賢い友人ではなく、プロポーズに同意してくれた可憐な副官だということが更に嬉しい。

「なんですか？」

「……いや、こういう会話のできる婚約者を得て、最高に幸せだと感動しているところだ」

「そう思って頂けるのは、私の存在理由になりますから大変嬉しいです」

「ん？　どういう意味だ？」

二人が婚約したからといって、急に上官と副官の関係を変えるのは難しい。

それでも今の会話は妙に嚙み合わないので、マルチェロは問い返す。

視力を取り戻したお陰で眼鏡が不要になったリンゼイは、大きな目を楽しげにきらめかせて告白した。

「身内にしか婚約を発表していないのに、耳の早い女性たちから値踏みされて色々言われました。一番面白かったのが、〈犬がしゃぶるしか楽しめなさそうな鶏ガラ女〉という感想です」

「……っ！」

ぎょわっ。こここここ、これはマズイ。

今まで異性とは、後腐れのある付き合いをしてきたつもりはなかったが、結婚となれば別の感慨を抱く女はいるだろう。

見事なプロポーションを自慢にしていたセクシーな彼女たちが、妖精の如き華奢で可憐なリンゼイを見てどういう感想を抱くか、想像に難くない。

というか、リンゼイの口から今語られた。

辛辣(しんらつ)の極み。

怖い。女って怖い。リンゼイがどう思って、どう言い返したか知るのも怖い。

でもここは逃げたら駄目な場面だ。聞くのは男の義務だ。

これは、女としてのアイデンティティの激突である。下手なコメントをしたら爆死する。女心の機微(きび)に疎く不用意な発言をしがちなルシファードと違い、元プレイボーイの憲兵隊隊長は貝になって、大人しく拝聴する道を選んだ。

硬直したきり何も答えない男の蒼白な顔を見て、リンゼイは予想通りの反応だなと思う。それでも潔(いさぎよ)く聞く態度は好感が持てるので、合格点を与えよう。

「知性と教養のある相手と有意義な会話を交わしながら、美味しい料理とお酒を味わう時間をこよなく愛する人、それが私の知るマルチェロ・アリオーニです」

言葉にすると嫌みだが、その通りなので憲兵隊隊長は黙ってうなずく。

「そんなあなたと結婚すれば、生活する中で他人より多くの時間を長期間にわたって共に過ごす関係になります。何故あなたが、知性も教養もない方々に結婚を申し込まなかったのか、自明の理ではありませんか」

「…………それ、言っちゃった？」

「はい。女性の魅力溢れる方々が、こんな鶏ガラ女にどうして負けたのか、理由を知りたいとおっしゃったので」

かつて法務科に所属していた彼女は、たおやかな外見に似合わず大の負けず嫌いで、理不尽なことには果敢に立ち向かう。

その鋭い舌鋒に〈裁きの女神〉と、あだ名するものもいた。

そんな彼女が自分の容姿を侮辱されて、言われっぱなしでいるわけがない。

「美容整形で胸を大きくすることは可能ですが、手術で脳に知性と教養は注入できません。内面の魅力をないがしろにしてきた方々こそ、一度口にしたらすぐ飽きる安物の肉です。あなたが美食家だと知らないほど、浅いお付き合いだったのでしょうか？」

間違いなく、元カノたちとは互いに大人の関係と割り切って付き合ってきた。

余計な干渉はしないという不文律を破って、リンゼイに喧嘩を売った彼女たちが悪い。

そして、婚約指輪を受け取ったリンゼイには反論する権利がある。

婚約を不愉快に感じたなら彼女にではなく、マルチェロに言うべきだった。

ひとときの仲とはいえ、その時は愛しんだ女性たちを傷つけるなど決して本意ではない。彼は誠意を持って相手をするつもりだった。

そんな彼の気持ちを見抜いたのか、聡明な婚約者は爽やかに笑って言う。

「マルロ。彼女たちは別にあなたに未練があって、私にからんできたわけではありません。単になんとなく私の幸せが面白くなくて、少し嫌がらせをしたかったのでしょう。あなたが下手に優しく対応するとつけ上がり、単なる言葉の暴力からストーカー化して悪質な嫌がらせに発展するかもしれません。無視して下さい。大丈夫、私の手に負えない相手はいません」

男の自意識過剰を軽やかに吹き飛ばすと、顔をしかめて付け加える。

「今回、彼女たちの誹謗(ひぼう)中傷に多少私も思うところがありました。鶏ガラ呼ばわりは非礼ですが、遺憾ながら暴言の根拠はなきにしもあらず。犬のおやつから、食卓に載る価値のある手羽先程度の体型は、目指すべきだという結論に至りました」

マルチェロは吹き出す。

婚約者のグラマーな元カノたちに、ガリガリな体型を馬鹿にされて、ムカついたから頑張ってちょっと太ります――という内容を小難しく言ってのけた彼女は可愛い。

これもある意味ツンデレというやつだろう。

「ここで笑うんですか！　喜べとまでは言いませんが、私が努力しがいのある態度をとったらいかがですか？」

「……そ、そうだな。すまない。俺は末永くうまい食事を楽しく食べたいから、君が健康で長生きできるように偏食と小食を直してくれたら嬉しいよ。一目惚れした君の外見には、なんの不満もないんだがな」

「さ、最後のくだりは全然励みにならない言葉ですね。ですが健康で長生きする必要性は了解致しました」

真っ赤な顔をした副官は早口で答えた。

婚約したものの、上官と副官でいた期間が長かったせいか、二人の会話は恋人同士と呼ぶにはまだぎこちない。

夜の歓楽街で出会った魅力的な女性をスマートかつ情熱的に口説き、甘く濃密な時間を過ごすのが、粋な大人の男の証明。

マルチェロの故郷には、そんな伊達男が大勢いた。

刹那の快楽を追うばかりだった自分の変わりように、苦笑するしかない。

磨き上げた男の美学を全部捨てることになっても、マルチェロは幸せだった。


憲兵隊隊長から食糧製造工場群の警備には関わるなと言われた次の日、ルシファードは司令官室に呼び出され、ラクロワ副司令官に意見を求められた。

カーマイン市の治安維持のため、連邦宇宙軍も協力して欲しいという惑星政府の正式な要請は、それに至る経緯と現状から妥当なものと言えた。

「その場で司令官殿は惑星大統領閣下に応諾されたが、もともとカーマイン基地に要請を断る選択肢はない」

「わかります。食糧危機に見舞われたら、困窮するのはカーマイン基地も同じですから。ただ厄介なのは、責任問題ですね」

「しかり。惑星軍のしたことは、最終的に惑星政府の責任になる。だが、宇宙軍が行なう警備で起こった戦闘は責任の所在が曖昧だ。その点を詰めずに司令官殿は、惑星大統領閣下との通信を終えてしまわれた。……私が横から進言する暇もなく」

苦々しい表情の副司令官の告白で、ルシファードは自分が呼び出された理由を察した。

たまに司令官が主体的に行動すると、ろくなコトをしないという言葉は呑み込む。

「……ブレッチャー大佐殿は、惑星政府に貸しを作る好機だと思われたのでしょうね」

「惑星議会で吊し上げられたのが、ご自分ではなかったからといって、惑星大統領閣下がどれほど狡猾な政治家か、おわかりにならないのだろうか」

「……はっきり言わせて頂くと、いつも尻ぬぐいをして甘やかしてきたラクロワ中佐殿が悪いのだと思います。司令官殿の予測能力の不足も危機意識の欠如も、中佐殿が全部肩代わりした結果です」

ルシファードはスクリーン・グラスの奥で、半眼になって指摘する。

アンリ・ラクロワは肩を落とし、力なく言った。

「アレクにも君とそっくり同じセリフを言われたよ。君の陰ながらの協力で、宇宙軍の独走だと執拗に非難する野党議員たちをやっと黙らせたのに……」

「惑星軍のクーデター未遂事件は証人が山ほどいました。イヴルの構成員らしき議員たちさえ引き下がれば、我々の独走と惑星政府の監督不行届は相殺できます。しかし、今回警備を依頼された食糧製造工場周辺で我々と暴徒との戦闘が発生し、一般市民に犠牲者が出たとなると、ここぞとばかりに選挙民に向けたパフォーマンスで騒ぎ出す議員が続出するでしょう」

「善良な一般市民は略奪などしない。工場を警備する宇宙軍に対し、武器を持って攻撃してくるのは犯罪者だ。戦闘行為の末に射殺しても、都市警察なら正当防衛だと認めてくれる」

だが、惑星議会では惑星軍基地強襲で主権を侵害されたと思っている議員が、宇宙軍に意趣返しをする機会を狙っている。

一部マスコミも宇宙軍に敵対的な論調で市民を煽るだろう。

さらにパオラ・ロドリゲス惑星大統領は、いくつかの危機を宇宙軍とルシファードに救ってもらったにも関わらず、カーマイン基地の弱体化を目論んでいる疑いがあった。

「中佐殿が私に求めていらっしゃるのは、殺しすぎに(オーバーキル)ならず暴徒を鎮圧する手段ですか?」

「そうだ。虫のいい頼みだが、なんとか工夫してくれないだろうか」

「アイ・サー。時間がないのは少々苦しいところですが、需品科の倉庫の物品持ち出しと、倉庫内での改造作業の許可を至急お願い致します」

「了解した。司令官命令の最優先事項としておこう。手伝いが必要なら、君の希望する人間を手配するが?」

その言葉にルシファードはマコト・ミツガシラの名前を挙げようか迷う。

だが、明日出動する一個連隊を送り出すための準備で、おそらく輸送科の兵士は徹夜仕事になる。

日頃整備していても輸送艇は数が少なく、そして古い。

何しろルシファードが着任するまで一度も出動したことのない基地なので、演習時の輸送用に必要な数があればよしとされていた。

千五百名の一個連隊と装備を送り出すため、輸送艇は何度も基地と現地のあいだを往復しなければならない。

ほかに輸送科の管理下にある倉庫から積み込む重火器について、出動する連隊の指揮官たちと打ち合わせする必要もある。

その重火器の整備点検もあり、仕事が山積する中でマコトを呼び出すのは、たとえ司令官命令でも輸送科の上官から苦情を言われるだろう。

「補助作業は、作業所の勝手を知る需品科の兵士に頼みます。なので、作業中の協力も先方に要請して頂ければ幸いです」

「それでは、ドミニク・バンカー少佐に手配を頼んでおく」

「ありがとうございます、サー」

このあとも残業して仕事を片付けるという副司令官に敬礼し、部屋を辞去する。

このままプロジェクト・ルームに戻るより、食事に出ようと考えて士官用昇降口に向かう。まだラスト・オーダーには余裕のある時間だが、食べられる時に食べておかないと徹夜になったら飢える羽目になる。

すでにライラは仕事を終えて帰ってしまった。

一人なら士官食堂で食べたほうが手早くすませられて移動距離も短い。ただ今夜はそんな気分ではない。というか、最近士官食堂ばかり利用しているので正直飽きた。

娯楽エリアのレストランに行って、周囲のテーブルで楽しげに語らうカップルたちに、爆発しやがれと腹の中で毒づきながら食事をするのも、たまにはいいかもしれない。

などと心すさむことを考えながら本部ビルから出ると、ちょうどリニアカーから降りてくるカジャ・ニザリと出会った。

「よう、ベン。久しぶり?」

「なぜ疑問形にする。行き違わなくて良かった。車の中でお前に連絡していたのだが、応答しなかったな」

「あ、悪い。ラクロワ中佐殿に呼ばれて司令官室にいた。携帯端末をオフにしたままか」

謝罪しながら制服の胸ポケットを探る。

電源を入れると着信履歴にカジャの名前が表示された。

「ウンセット部長が瀕死の状態で外科に救急搬送されてきたそうだ」

「……暴動の鎮圧で撃たれたのか？」

「よくわかるな。サラが執刀して八発も銃弾を摘出したあと、手を尽くして縫合したり細胞賦活剤を使ったら、驚くほどの回復力を見せたらしい。なんともう一般病棟の個室だぞ」

「え？　集中治療室じゃなくて？　搬送されてきたのは今日なんだろ？」

耳を疑うルシファードに内科主任が複雑な表情でうなずく。

自身も医師として、ウンセット部長のデタラメな回復力に納得がいかないらしい。

「お前のような常識知らず体質が、身近にもう一人いたとは驚きだ」

「俺の治癒能力は立派に超能力の一種だ。しかし親父ってば頑丈だなぁ。八発もブチ込まれたら、普通は死ぬよ？　デカイから的にされやすかったんだろうけど」

「こらこら」

カジャが笑ってたしなめた。

快方に向かっていると聞いて、安心したからこその軽口だとわかっている。

「ドクター・アラムートは手術なのか？」

「そうだ。食事を誘いに行ったらタイミングが悪くて、手術室に行ったばかりだった。ナースからウンセット部長の話を聞いて、お前に教えねばと思ったんだ。面会謝絶が解除されたら、部長の見舞いに行ってやるといい」

「そうするよ。わざわざありがとう、ドクター・ニザリ」

「たぶん明日にでもサラから連絡が入るだろう。ガーディアンたちが先に連絡をしてきたら、お互い心配するかと思ったので、らしくないお節介をした」

白氏の内科医は、ルシファードの感謝に照れて、視線を石畳に落とす。

美少年の外見ではにかまれると、なんとも可愛らしくて、見ているほうも心和む。

「お礼に食事をおごるよ。まだなんだろう？　俺もこれからなんだ」

「そうか！　遠慮なくおごられてやるぞ」

年長者の傲慢な物言いと裏腹な喜色満面になったカジャは、自分が乗ってきたリニアカーに早速乗り込む。

たとえ中身が百五十歳でも、華やかな美少年の無邪気な笑顔は目に優しい。

——うん。やっぱり無精ヒゲがデフォルトって間違っているよな。カワイイは正義だ。

ルシファードは一人で納得しながら運転席側に乗りドアが閉まるのを待ってから、娯楽エリアにあるカジュアルな魚介料理を出す店の名を告げる。

リニアカーのコンピュータが店名から住所を特定して走り出す。

「なあ、ドクター。内科はイエロー・タウンでの暴動の影響はないのか？」

「イエロー・タウンから治療に来ている患者たちが外出できなくて、診療予約のキャンセルが出ているくらいだ。サラのところもイエロー・タウンの病院では手に負えない重傷者が、ＶＴＯＬで搬送されてくるだけで、そういう意味ではいつもと変わらんな」

「それでウンセットの親父が運ばれて来るんだから、世の中は狭いよな」

「何を言う。それは必然だ。決まった奴が無茶をする。お前がこの基地に着任して三ヵ月弱だが、お前とお前の関係者が何回軍病院の世話になったと思っている。しかも治癒能力を持っているくせに。明らかにお前は私とサラの仕事を増やしているぞ」

助手席の内科主任は、さも迷惑そうに横目で見遣(みや)った。

「えっ？　ナニ全部俺にカウントされるのか。納得いかねえ！」

「副官のライラ曰く〈災厄の王(ルシファー)〉だからな。お前が関わるとそうなるのだろう。暴動には関わらないようで幸いだ」

「ごめ～ん。さっきラクロワ中佐殿にお願いされて、食糧製造工場群の警備に協力することになっちゃった、てへ」

「何！」

「あんたが顔色変えるほど大したコトでもないんだよ。ぬくぬく育ったイエロー・タウンの小僧たちがチョーシこいて、大勢の迷惑も考えずにバカな真似をしそうだから、世の中の怖さをちょっと教えてやろうぜって、それだけの話。……なんだけど」

「……やはり〈だけど〉が、つくんだな」

次々と後方に通り過ぎる街灯の列を眺めるカジャが、うつろな声でつぶやく。

「果たして、そんなチョロい話で終わるのかな？」

「なぜ疑問形」

「だって惑星外では『宇宙海賊だよ、全船集合』みたいな阿鼻叫喚の事態だぞ。その騒ぎの中心にあるバーミリオン星で『坊やたちのオイタにお仕置き！』みたいな程度で終わるワケがない。目的のわからない〈ザ・ビースト〉は不気味だし、破滅のカウントダウンは始まっている気がするし――」

「なんの破滅だ？」

「……俺の？」

「だから、どうして疑問形なんだ。お前のように強くてズル賢くて図太い男が、どうやったら破滅できる。私のほうが聞きたい」

ほとんど独白に近い相手の話にカジャは苛立ち、詰問口調になった。

その剣幕に驚いたのか、しばし沈黙したルシファードが、どこか力の抜けた夢見るような声音で言う。

「予言通り、俺は怪物になるんだろうな。予感がするんだ。……怪物になったら凄く自由で、きっと気持ちいいんだろう……」

それは彼がずっと抱いてきた恐怖であり、あきらめであり――憧れの告白でもあった。

怪物という単語を聞いたカジャがとっさに思い浮かべたのは、以前ルシファードの肉体を乗っ取って出現した黒い異形だった。

確かにこちら側の存在であるカジャたちの意志や尊厳を完全に無視し、好き勝手に行動しようとしたアレは、底知れない恐るべき力からしても怪物の名にふさわしい。

ルシファードはアレを自分の種族の〈ご先祖さま〉と呼んだが、カジャはこの男があんなものに変貌するとは思えなかった。

そばで見て恐怖し、存在を根底から変質させられる危機に瀕したから、わかる。

「お前がその怪物とやらになったとしても、お前は変わらないと思う。安心しろ。お前がお前でいる限り、私はお前を見捨てない。私だけではない。ライラもサラもだ」

「…………」

何かを言いかけて、結局ルシファードは何も言わなかった。

その代わり、漂わせていた虚無感は綺麗に消え失せ、安心したカジャは、なんでもない風を装って尊大に振る舞う。

「気にするな。若者の悩みの相談に乗るのは、いつの時代も年長者の務めだ」

「……ありがとう、カジャ。俺のそばにあんたがいてくれて良かったよ」

短く笑った男は耳に心地良い深みのある低音で言った。

その声に込められた温かさにカジャは泣きそうになる。

ルシファードがカジャの存在に感謝した。

——アリガトウ。自分ノソバニイテクレテ。

本当は、礼を言わねばならないのはカジャのほうだった。

かつて白氏の誰もが、カジャを出来損いとうとんじた。その中で唯一、カジャをカジャとして見てくれたマリリアードが死んで、あとは成り行き任せでさすらってきた。

さすがに今は居場所があり、この惑星での生活に満足している。

あてもなく自分探しの旅を続けるほど青くもないし、すべてを捨てて一からやり直せるほど若くもない。

自分に言い訳しながら満足していた。

相変わらず逃れられない劣等感や、長く生きているうちに肥大した自尊心に足を取られ、いつの間にか生きづらくなっていたカジャを、無意味な虚勢から解放してくれた。

ただの、ありのままのカジャでいればいい。それだけで充分なのだと、態度で示した。

すっかり楽になったのに、改めて礼の一つも言えない不器用なおのれにはあきれ果てる。

年上風を吹かせて助言した言葉も、ルシファードからもらったものを少しアレンジしただけに過ぎない。——なのに。

丸ごと存在を言祝(ことほ)ぐ言葉を返されて、この男の優しさにどう応じたらいいのか。

切なくて、何か言ったら涙が我慢できそうにない。

その時、カジャの腹部が異音を発する。先に我慢の限界を超えたのは空腹だった。

腕組みをしたルシファードが大きくうなずく。

「うん。俺も腹が減った。そろそろ限界」

「……店はまだ遠いのか？」

「いや、もうすぐそこ。——入ったら頼むのは、海鮮パエリアだろーイカのアヒージョだろースペイン風オムレツだろー」

ルシファードは料理名を挙げるたびに指を折り、カジャは両手で耳をふさぐ。

「あああああ、よせやめろ何も言うな、腹が鳴るっ」

「んでもって、まずはサングリアで乾杯」

「アヒージョって何だサングリアって何だ、わからないのに腹が鳴るのは理不尽極まりない」

「多分条件反射？」

「うがーっ。なんでもいいから食べたいっ」

「わわっ、俺の手を噛むな。ウサギがいきなり肉食にっっっ」

妙にテンションの上がった車内に不可解な争いが始まる。

そうこうするうち、やっと目的地に着いたリニアカーが停車した歩道の奥には、大きな木の酒樽を模したディスプレイが置かれていた。

壁に取り付けられた小さな照明が、舞台の主役のように樽を照らし出す。

その上に載っているのは、今日のお薦めが表示されたペーパー・タブレット。わざと手書き風の書体が使われていた。

入り口は開放され、料理の香りと食器の音、明るい笑い声が溢れてくる。
気の置けない居酒屋といったところか。
温かく美味しい食事と充分な量の酒。そして気の合う友人との楽しい会話。
それだけで幸せになる人間は単純な生きものかもしれない。
車を降りた二人は、先を争うように店内に入っていった。

あとがき

津守時生

どもども。歳を取ると一年があっという間にワープすると思う作者です。

読者の皆さま的にはふざけんな、続きをサクサク書きやがれと心の中で罵倒していらっしゃることとと推察致しますが、思うに任せないのが人生というものです。

近頃、年の近い友人たちとの会話は、自分の健康問題と親の介護がマストな話題。いつまでも若いままではいられない……と思うわりには、いつまでもラノベを書いている作者ですが、こっちはむしろ本望。一生一ラノベ作家でいたいんです。ピーターパン・シンドロームの痛い奴と言われても全然構いませんけど、何か?

超がつくほど文化系な頭の作者でも、子供の頃からSF漫画や小説を読み、アニメなどに耽溺したオタク人生のおかげで、科学番組も感覚的に多少ついていける程度の理解力はあるつもりです。

とはいえ天文学だの宇宙物理学だのは、時間も規模も神のスケール。地球の何千個分とか、光の速さで何万年などという単位では、短い寿命の人間ごとき極小の存在では関わりなど持てるはずもありません。

地球にいて今届く情報を受け止め、宇宙の成り立ちや構造に考えを巡らせる学者さんたちの説明に耳を傾けるのが精一杯。

しかし、考えるだけなら人間という生きものの頭脳はすごい。色々な仮説から数式を導き出して、それをもとに宇宙の真実に迫っていく過程にはロマンを感じます。

私たちの存在する物質世界をプラスとして、マイナスの性質を持つ反物質世界も存在するはずだと数式から考えた学者さんがいました。

物質と反物質はぶつかると対消滅するはずなのに、どうして物質世界はいまだに存在し、かつ反物質が観測されないのか。それが何故かという疑問から、ビッグバンの時に生まれた物質と反物質は同数ではなかったという考えにいたり、故に今の世界は対消滅が終わって、余った物質から成り立っているのだという結論に（色々な実験の測定結果や多くの学者さんたちの思考を経た末の結論です）。

大ショック。えー、反物質もうないの～？　触れ合ったら互いに消滅するしかない存在だなんて萌えるよ萌えるっ！　オタクの血が騒ぐ超ロマンだったのに～。

……あ？　飽きています？　あとがきで何を言いたいんだって思っています？

えーと、つまり移動手段にワープがないと、銀河系を舞台にしたスペース・オペラなんてとても書けません。連絡手段に亜空間通信がないと、どう考えても不自由です。

現実にはワープしていない時間の航行速度だってそれなりだろうから、相対性理論のウラシマ効果は生じるんじゃないの？　なんて考えていたらラノベ小説書けません。

現実には衛星通信を使用した中継ですらタイムラグがあるのに、亜空間通信でタイムラグは生じないの？　しかもワープ中はともかく、それなりの速度で航行中の宇宙船と亜空間通信できるのは何故？　なんて考えていたらラノベ小説書けません。

なのにフッと魔が差して亜空間通信のタイムラグ問題について、説明を書き始めちゃったんですよね。あの時の自分、殴ってやりたい。

勿論、超文化系脳で現代物理学を超越する理論なんて構築できませんから、今は滅んだ人類の遺産ってコトでさくっと丸投げしましたよ。厨二(ちゅうに)病用語のオーパーツとかアーティファクトとか、あのへん。

でもタイムラグを生じさせない謎性能の送受信器が、コンパクトなのに機械ってのもなー未知の物質を組み込んでいるってのもなー、と思って位相の異なる謎生命体突っ込みましたー。

もはや似非(えせ)科学ですらありません。ファンタジーですね。

SF作家のアーサー・C・クラーク先生だって、よく発達した科学は魔法と区別がつかないっておっしゃっていることだし。強引に我が道。

デビュー作にて、先ラフェール人の設定を出した段階でやらかしちゃったワケだから、いまさら辻褄(つじつま)を合わせられるはずもない。

人外にもほどがある能力を使うのは、位相の異なる世界由来のエネルギーってコトで。

そう。亜空間通信の送受信器に詰められた謎生命体は、ご先祖さまのアレがいる世界で非常に良くいるレベルの頭のよくないヤツ。Gホイホイに捕まったGという感じ。

作者的には、そーいうくだらないネタもロマンだと思うんですけど(笑)。


今回、あとがきに書くことがなくて困りました。弟の撮った心霊写真の話は読みたくない人がいそうだし、深夜ドラマ?『孤独のグルメ』で主演の松重豊さんがどんなにチャーミングかを熱く語っても、放映していない地域の方々は見られないので申し訳ないし。


毎回連載では、わずかな量の原稿で大変なご迷惑をおかけしている関係者の皆さま、大変申し訳ございません。多大なるお力添えをありがとうございます。

そして、辛抱強く読み続けて下さる読者の皆さま、寛大なお心に感謝の極み。

今年もなんとか一冊出せたのは、皆さまのお陰です。

それでは、また次の本でお会い致しましょう。

二〇一五年　缶つまは牡蠣の燻製とイカのアヒージョが美味だと思う食欲の秋の十月

W I N G S ・ N O V E L

【初出】
小説Wings '14年夏号(No.84)〜 '15年夏号(No.88)掲載のものに加筆

この本を読んでのご意見、ご感想などをお寄せください。
津守時生先生・麻々原絵里依先生へのはげましのおたよりもお待ちしております。
〒113-0024　東京都文京区西片2-19-18　新書館
[ご意見・ご感想] 小説Wings編集部「三千世界の鴉を殺し⑲」係
[はげましのおたより] 小説Wings編集部気付○○先生

三千世界の鴉を殺し ⑲

著者：**津守時生** ©Tokio TSUMORI

初版発行：2015年11月25日発行

発行所：株式会社 新書館
[編集] 〒113-0024　東京都文京区西片2-19-18　電話 03-3811-2631
[営業] 〒174-0043　東京都板橋区坂下1-22-14　電話 03-5970-3840
[URL] http://www.shinshokan.co.jp/

印刷・製本：加藤文明社

定価はカバーに表示してあります。乱丁・落丁本はお取り替えいたします。
ISBN978-4-403-54205-3 Printed in Japan
この作品はフィクションです。実在の人物・団体・事件などとはいっさい関係ありません。

S H I N S H O K A N